CONTENTS

GALLERY

STORY

插畫／shri

我沒有什麼要求哦。
真要說的話，
大概是希望休假吧？
佐藤
Satou
稱號 ✣ 弒神者、真正的勇者等，琳瑯滿目
年齡 ✣ 15 歲（29 歲）
身高 ✣ 160cm
個性 ✣ 冷靜、沉著、慎重
喜歡的事物 ✣ 異世界觀光
討厭的事物 ✣ 歌唱（重度音痴）、詠唱咒語（學不會）

享受異世界觀光的近三十歲程式設計師

自稱近三十歲的青年，本名為鈴木一郎。原本是服務於遊戲開發承包公司的程式設計師，卻在爆肝加班之際小睡一會兒後，直接在異世界裡醒來了。由於名字經常被誤認為佐藤，索性便將測試角色名字設成「佐藤」，而這在異世界裡也直接成了他的名字。

造訪異世界之初便因為隨即發生的事件而獲得了世界最強等級的力量和龐大的財寶，但不具備英雄志向的他並未濫用這股力量，而是自稱為「旅行商人佐藤」並享受著異世界觀光的樂趣。

對他人的事情一方面不深入干涉，不過一旦認定為自己人後就會展現出堪稱過度保護的態度。儘管擁有這一類小市民的心態，但無論如何都會在理解自我力量的情況之下做出現實的判斷。

身為潘德拉剛名譽士爵的活躍表現

「潘德拉剛」乃是在解決了某貴族領的事件後所獲得的姓氏。儘管是僅限一代的名譽士爵地位，即使沒有武力或財力，他仍憑藉讓貴族也為之著迷的烹飪手藝而逐漸成為對世界具有龐大影響力的人物。在他人面前不施展手中的神劍或聖劍，而是喜歡使用與矮人名匠所共同打造的祕銀材質長劍「妖精劍托拉札尤亞」。

另一張面孔，勇者無名

佐藤不得已必須施展世界最強等級的力量時所進行的變裝姿態——那就是「勇者無名」。其展現的戰鬥力不僅上級魔族，就連魔王也不是對手。將利用「探索全地圖」之類，佐藤固有能力所得來的情報透露給掌權者之際，同樣也會以這個面貌出現。

神劍
聖劍
魔法槍
武器－佐藤

佐藤

小玉
Tama
「船到橋頭自然直～？」
稱號 ✣ 佐藤的奴隸
年齡 ✣ 10歲
身高 ✣ 120cm左右
個性 ✣ 我行我素且悠悠哉哉
喜歡的事物 ✣ 肉！特別是漢堡排老師。甜食也是。
討厭的事物 ✣ 飢餓
「肉是最強的喲！」
波奇
Pochi
稱號 ✣ 佐藤的奴隸
年齡 ✣ 10歲
身高 ✣ 120cm左右
個性 ✣ 天真爛漫
喜歡的事物 ✣ 肉！特別是漢堡排老師。甜食也是。
討厭的事物 ✣ 可怕的人

我行我素且個性悠哉的貓耳族少女

貓耳族少女，年齡為十歲。個性悠哉，將語尾拉長或省略之類的獨特表達方式為其特色。在聖留市的迷宮事件之際，和波奇及莉薩一起成為佐藤的奴隸。與波奇感情非常好，無論平時或戰鬥中大多都一塊行動。會積極使用亞里沙所傳授的日本詞彙。命名人和波奇一樣都是佐藤。原本佐藤只打算當作離開迷宮之前的暫時稱呼，但由於兩人都相當喜歡所以就直接採用了。

另外，還發現了具有繪畫天分，開拓出像是經手露天商店的招牌等活躍的場合。其水準甚至讓佐藤發出「充滿著不像是繪畫的躍動感，具備了令人在衝動之下想要品嚐的神奇魅力」的感想。

戰鬥中和波奇合作擔任前鋒，具有比波奇更注重速度的傾向。

天真爛漫，活潑開朗的犬耳族少女

犬耳族少女，年齡和小玉一樣為十歲。充滿好奇心，又有點糊塗。跟小玉一樣在隊伍中都處於吉祥物般的地位。語尾加上「喲」是其特色。原本身為奴隸僅擁有「犬」這個名稱，後來被佐藤命名為波奇。

在聖留市的迷宮事件之際和佐藤一塊行動，之後便正式成為他的奴隸。儘管身為奴隸，佐藤卻一直打算將成為同伴的奴隸們解放，所以實際上更像是處於被保護者性質的立場。

在隊伍中擔任前鋒，擅長和小玉合作的機動戰，具有比小玉更注重威力的傾向。

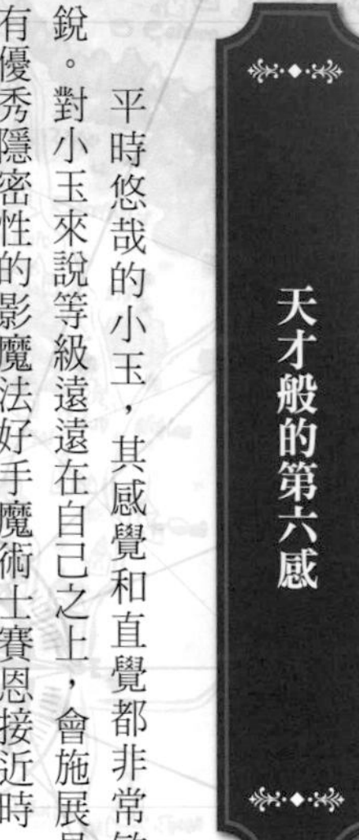

天才般的第六感

平時悠哉的小玉，其感覺和直覺都非常敏銳。對小玉來說等級遠遠在自己之上，會施展具有優秀隱密性的影魔法好手魔術士賽恩接近時，她仍能比佐藤早一步察覺。而在海上旅行時，明明待在船上卻可察覺海底接近而來的敵人。憑藉著不同於佐藤的「探索全地圖」及雷達等方式，充分發揮了隊伍的耳目作用。

最愛吃肉，正值發育期

波奇等人以前曾是犯罪公會的奴隸，其悲慘的飲食生活，從聖留市的迷宮事件中獲得佐藤給予的肉乾後所做出的感動反應可以窺見一斑。

自從與佐藤相處融洽之後，便經常吃得整個人都動彈不得。尤其似乎喜歡肉類和甜食，不光是隊伍中製作的料理，也可以見到在旅途裡吃著各種食物的模樣。

另外，喜歡肉類的不只有波奇，小玉和莉薩也都一樣，當佐藤在製作噴射狼的肉排時，甚至會因為沒能吃到盤子上殘留的肉汁而發出絕望的嘆息。

小玉
短劍—小玉

波奇

莉薩
Liza
稱號 ✢ 佐藤的奴隸
年齡 ✢ 18 歲
身高 ✢ 163cm
個性 ✢ 一本正經且個性溫柔
喜歡的事物 ✢ 肉！特別是雞肉或有嚼勁的肉類。
討厭的事物 ✢ 飢餓
「這把槍就跟半個我一樣重要。即使是只有片刻也無法離手。」

一本正經且生存能力強大的獸人組大姊姊

十八歲的橙鱗族少女。脖子和手臂等處有橙色鱗片，與尾巴一樣都是種族特徵。因為年長的緣故，就相當於波奇和小玉的家長，個性正經且耿直。兼具母性以及騎士般的勇氣，卻是屬於甘願退後一步以突顯主人和同伴的類型。

對於收留自己的佐藤稱呼為「主人」，懷有強烈信賴感，其忠誠度恐怕是隊伍當中最高的。只不過，並非像亞里沙或蜜雅那樣出於好感，純粹是「信賴」所致。

等級方面除佐藤之外也是隊伍中最高的，戰鬥時不僅擔任前鋒，還負責對獵得的獵物放血以及解體。儘管也會烹飪，但隨著佐藤的烹飪手藝提升，漸漸變得只負責享用了。對於肉類似乎尤其喜愛。

莉薩的愛槍，佐藤特製的「魔槍多瑪」

佐藤第一次製作，以聖留市迷宮中遭遇的灶馬蟋蟀型魔物作素材的長槍。莉薩甚至表示「這把槍就跟半個我一樣重要」，會用浸泡了貴重魔法藥的布塊包住進行保養，有非常深厚的感情。

當佐藤的技能提升或取得新的素材之際，大多都會為其他成員的裝備進行改造，但對於莉薩的這把魔槍則是進行版本升級的強化。

或許是槍本身也呼應了她的這番做法，莉薩取得了就連身經百戰的戰士也僅少數人才會使用的「魔刃」技能。

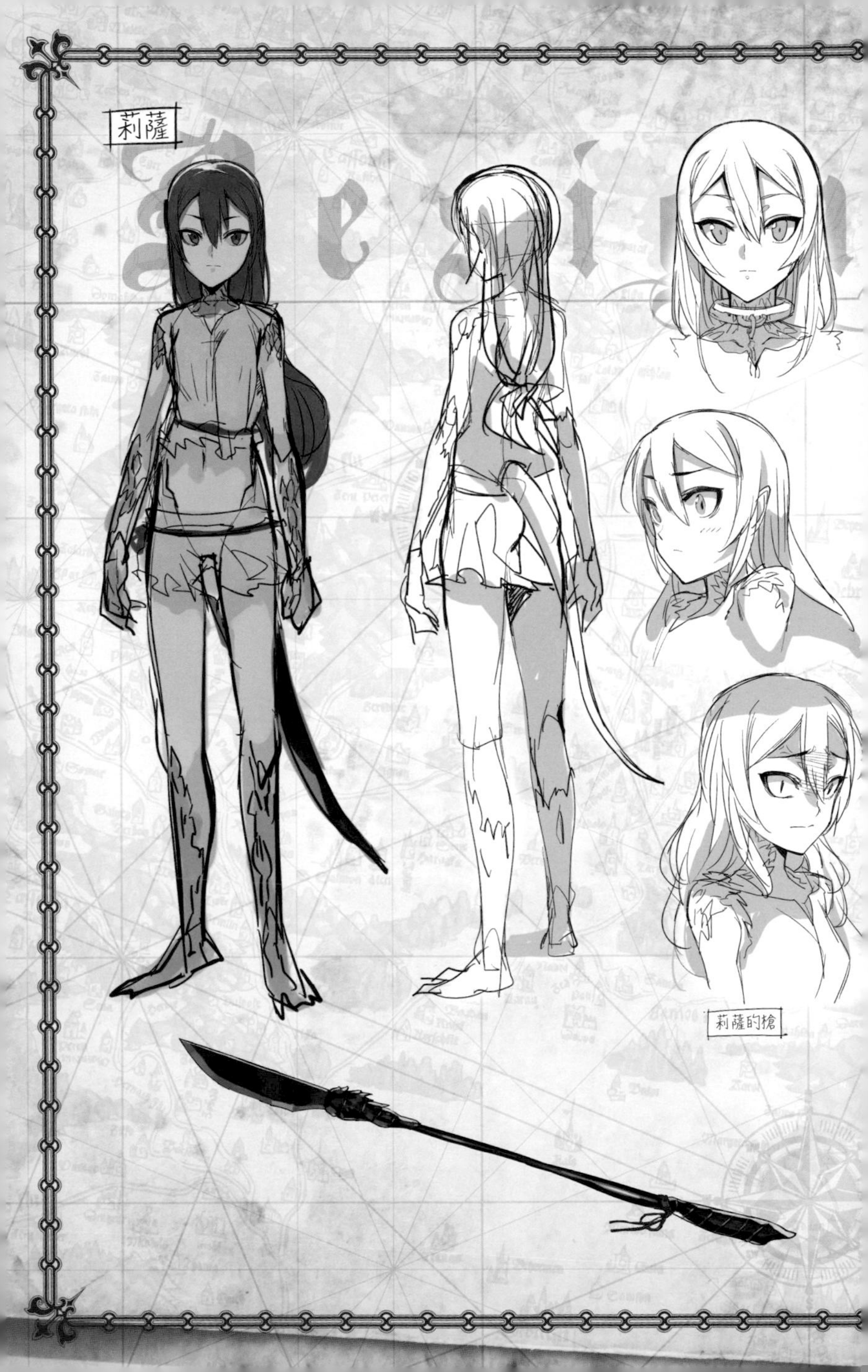

莉薩
莉薩的槍

「不是都說了嗎？
第一次碰面時就一見鍾情了！」
亞里沙
Arisa
稱號 ✣ 亡國的前公主
年齡 ✣ 11歲
身高 ✣ 140cm左右
個性 ✣ 腦筋動得快，
很會照顧他人。
喜歡的事物 ✣ 主人、露露、
同伴們
討厭的事物 ✣ 蜘蛛

無論什麼時候都不放棄的正太控轉生者

擁有「亡國的魔女」、「發瘋公主」等稱號，如今已不存在的庫沃克王國的公主。肉體年齡為十一歲，但和佐藤一樣是來自日本的轉生者，本名為橘亞里沙。其言行舉止被佐藤評論為「充滿昭和感」，可以窺見她在前世已經成年的事實。

總是積極樂觀、不輕言放棄，在隊伍裡是有別於佐藤的另一個精神上支柱。腦筋動得快，能夠靈活思考並判斷是非，但重度正太控是其缺點（？）。尤其佐藤的容貌似乎很合她胃口，自從被佐藤營救之後就想盡各種辦法向他發動攻勢。

因為擁有在這個世界被視為禁忌的紫色頭髮，所以在人前露面時大多戴著金色的假髮。

成為奴隸之前的亞里沙

轉生為公主的亞里沙善用前世的知識進行農地改革，取得一定的成功。不過，由於敵對勢力的妨礙而產生許多問題，導致政變。國王和王太子遭到處決，其他王族則被關在牢裡。之後，這些人被當作讓「死亡的迷宮」復活的祭品，最終僅剩下淪為奴隸的亞里沙和露露，庫沃克王國滅亡。亞里沙的不名譽稱號就是那時獲得的。

身為轉生者的力量

身為轉生者的她有兩項特殊能力：可無視能力與等級，以至少一成機率讓攻擊貫穿的「不屈不撓」，和消耗所有魔力與精力將一擊的效果提升好幾倍的「力量全開」。為隱藏身分，她還一併取得了「技能隱蔽」和「能力鑑定」這類，在隱藏自己能力的同時卻能看穿對方能力的技能。

露露
Lulu

稱號	✣不幸的超絕美少女
年齡	✣14 歲
身高	✣150cm
個性	✣性格畏縮 但內心剛毅
喜歡的事物	✣亞里沙、主人、 料理
討厭的事物	✣自己醜陋的臉

「跟主人結婚的話，
每天都能吃到
這麼美味的料理呢……」

Characters

生在日本就是個有機會挑戰世界第一美的不幸美少女

亞里沙同父異母的姊姊，十四歲。母親是亞里沙的奶媽。庫沃克王國發生政變後，和亞里沙一併淪落為奴隸，在聖留市的迷宮事件之後成為佐藤隊上的一員。

本人是個被佐藤評為「傾城級」的超絕美少女。只不過，這是出於日本人的審美觀，在這個世界裡卻是一點也不漂亮的容貌，這也成了她自卑的原因。一開始的言行大多畏縮而卑屈，但在與佐藤的旅行當中逐漸變得開朗起來，恢復了原本的剛毅個性。想像力豐富，從她吃到佐藤的料理後想像新婚生活來看，可窺見她這個年紀嚮往戀愛的少女一面。

在隊伍裡除了擔任馭手，還在旅途中學習烹飪，不斷努力追上佐藤。戰鬥時則擔任以魔法槍為主的後衛。

佐藤的繼承者？

在加入佐藤一行人之後，露露由於不具備戰鬥技能而沒有什麼表現的機會。然而，自從在認同自己容貌的佐藤身上感受到了包容力，找到了自己的定位後，便開始主動地鑽研事物。

例如在旅途中取得調理技能，儘管還比不上佐藤卻足以撐起隊伍成員們的胃，以及在接受了佐藤最初使用過的魔法槍之後，便激發了槍手和狙擊手的天分等等，在隊伍裡不斷吸收著佐藤原本所負責的領域。

里沙

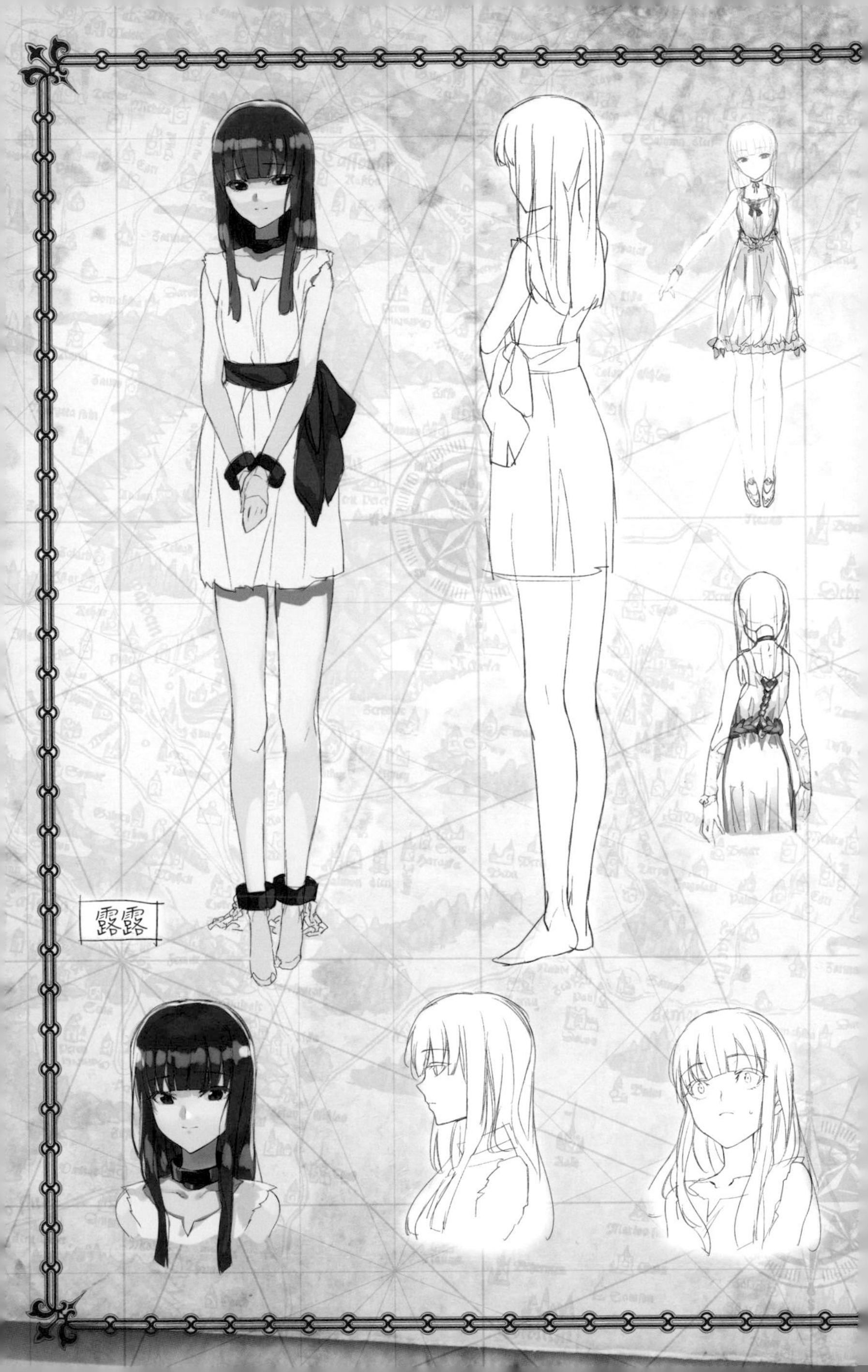
露露

「姆，有罪。」
蜜雅
Mia
稱號 ✢ 年少的精靈
年齡 ✢ 130 歲
身高 ✢ 110cm
個性 ✢ 寡言且專情
喜歡的事物 ✢ 佐藤、父母、雅潔、音樂
討厭的事物 ✢ 不知羞恥
Characters

傾心於佐藤，個性純真的精靈

精靈少女。本名為蜜薩娜莉雅·波爾艾南。外表年齡為十二歲左右，實際年齡卻是一百三十歲。然而，精靈擁有千年以上的壽命，所以還是個小孩子，在故鄉波爾艾南之森也算是最年少。之前被當作托拉札尤亞的搖籃鑰匙而遭到魔術士賽恩綁架，最終被佐藤親手救出，一同展開了旅行。或許是有過這樣的際遇，她對佐藤懷有強烈的好感，對於其他抱持好感接近佐藤的女性則是投以凌厲的目光。

基本上沉默寡言，就算開口也大多用單一詞彙來表達意思，但激動時卻會變得相當多話。

在隊伍中以後衛的身分施展水魔法，不光是攻擊也負責掩護或回復，是相當優秀的魔法使。

自稱佐藤的未婚妻

蜜雅不在意種族的差異，和亞里沙並列為佐藤的熱烈追求者，積極地發動攻勢，一有機會就自稱為未婚妻。

儘管容貌年幼，她的感情卻相當真摯，一般認為當佐藤從托拉札尤亞的搖籃救出蜜雅之際就開始了。蜜雅這時所做的某項行為，其真相在佐藤等人將她送回波爾艾南之森時將會明朗化。

充滿謎團的高貴種族，精靈

蜜雅是被稱為精靈的種族。精靈分為八個氏族，分別居住在位於其他森林的世界樹底下並供奉著高等精靈。除了擅長魔法，由於壽命很長所以對於生命不如其他種族那麼執著也是其特徵。蜜雅儘管才一百三十歲，然而長老當中甚至還有超過一萬歲的人物。

娜娜
Nana
稱號 ✣ 第七號魔造人
年齡 ✣ 0歲
身高 ✣ 162cm
個性 ✣ 坦率且純真無邪
喜歡的事物 ✣ 主人、幼生體
討厭的事物 ✣ 無
「主人，今後請多多指教了──這麼宣言道。」

昨日的敵人是今日的朋友，面無表情的魔造人

佐藤在托拉札尤亞的搖籃裡遇見的魔造人少女。由於同型的姊妹有七人，她的「No.7」就成了「娜娜」之名的由來。所有姊妹過去以試煉的名義與佐藤敵對，但最終由娜娜成為佐藤的同行者並稱呼他為「主人」。

外表年齡大約十七歲，但由於剛被製造出來不久，所以實際年齡為零歲。在姊妹當中屬於語言機能尚未成熟的個體，會使用「——這麼〇〇道」之類具有特色的說話方式。

另外，還會將年幼的孩子稱為「幼生體」，積極地照顧、疼愛對方。

擁有「理術」這項種族固有能力，會施展身體強化、生出魔法箭或盾牌等等，在戰鬥中應用性相當廣泛。於隊伍裡擔任前鋒，大多使用理術扮演肉盾角色來戰鬥。

隊伍當中身材一流

儘管隊伍裡都是女性，但由於並非蘿莉控所以佐藤從未想過對同伴們下手，唯獨娜娜超過D罩杯的巨乳偶爾能讓他的理智動搖。娜娜具備基本的知識和理解能力，不過因為不懂得男女間的微妙之處，有時會下意識對佐藤進行大膽的要求，而愛好巨乳的佐藤往往會屈服於她的魅力。

話雖如此，在所有的場合裡，都遭到以鐵壁防守自豪的亞里沙和蜜雅阻止，使得佐藤的行動被防範於未然。

蜜雅
睡覺時

潔娜
Zena
稱號 聖留伯爵領軍魔法兵
年齡 17歲
身高 156cm
個性 一本正經
喜歡的事物 風魔法、家人、佐藤先生、莉莉歐她們
討厭的事物 不正當、不講道義、非法的行為
「欸嘿嘿，有公主的感覺。」

愛上佐藤，充滿正義感的專情少女

佐藤在異世界初次遇見的少女。十七歲，是聖留伯爵領軍的魔法兵，擅長風魔法。

儘管是個容貌秀麗的含蓄美女，卻有些許頑固且愛吃醋的一面。擔任士兵但言行舉止卻很有氣質，則是因為她實際上身為馬利安泰魯士爵家的女兒，也就是貴族的緣故。她本人由於下不了決心成為政治聯姻的工具，所以就加入軍籍藉此來拖延時間。

自從在與飛龍的戰鬥中陷入危機之際被佐藤搭救後，就此成為她的初戀，以自己的方式積極地發動追求攻勢。不僅對佐藤的小禮物感動萬分，更是約定要跟隨在他之後前往迷宮都市，毫無保留地付出了好感。不過因為重視家人的緣故而無法立刻採取行動，似乎讓她感到相當懊悔。

聖留伯爵領軍的魔法兵

聖留市由領軍負責討伐魔物和維持治安。在魔法兵當中，擅長火屬性或雷魔法的人會負責參加攻擊，至於使用其他魔法的人基本任務大多是利用防護魔法或回復魔法來支援以及防禦部隊。

薪水儘管比不上騎士，卻比一般士兵要高，膳食也和軍官一樣，獲得了稀有技能所應受的待遇。另外，由於是使用有限的魔力（ＭＰ）來行使魔法的兵科，其最大的特色便是半數以上的時間都在待命以便能全力施展魔法。

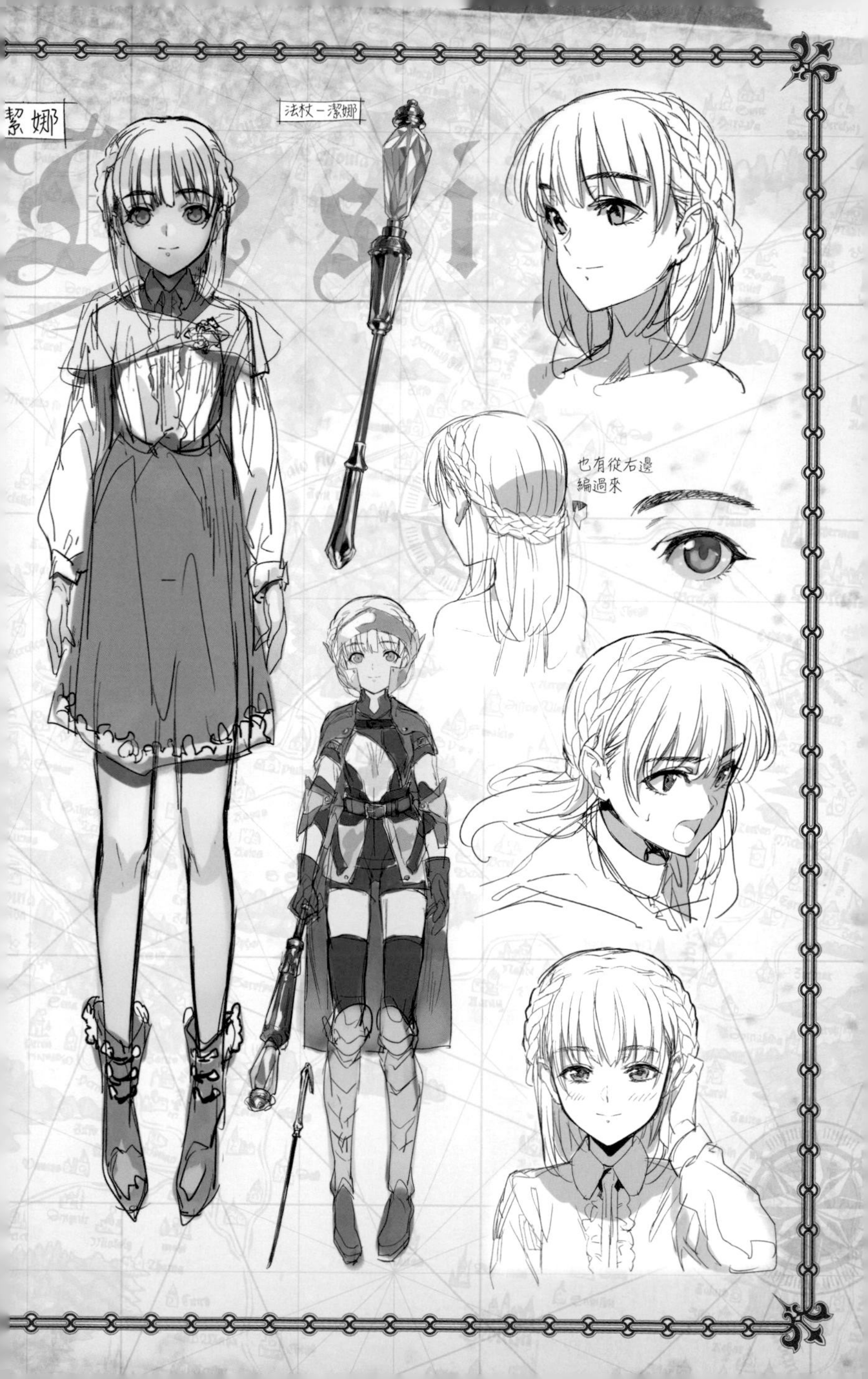

潔娜
法杖－潔娜
也有從右邊
編過來

Guest Illustration Gallery
Illustrated by あやめぐむ

Guest Illustration Gallery
Illustrated by 兎塚エイジ

Guest Illustration Gallery
Illustrated by 輝竜司

Guest Illustration Gallery
Illustrated by 戸部淑

短篇故事集
愛七ひろ
Illustration ◆ shri

新的調理器具

「我是佐藤。在與潔娜約會的時候被捲入暴動中，不知不覺就被困入了魔族製作的迷宮裡了。儘管是相當驚濤駭浪的狀況，還是希望能夠將保護的獸娘們平安地帶回至太陽底下。」

「蜈蚣～？」

語調悠哉的貓耳貓尾小女孩小玉在俯視的同時不解地傾著腦袋。

配合傾頭的動作，小玉的白色短髮也隨之晃動。

「蜈蚣會刺人，苦苦的不喜歡喲。」

低垂著耳朵這麼抱怨的是犬耳犬尾的波奇。她將與肩膀齊長的栗子色短髮左右甩動，換上看似苦澀的表情吐出舌頭。

——話說妳居然吃過嗎？小心吃壞肚子哦！

「難道是在守門嗎？」

「嗯嗯，似乎是這樣呢。」

最後跟我交談的人是橙鱗族的莉薩。

從上下分離式的簡陋服裝之間，隱約可以見到那運動選手般的緊緻肢體和覆蓋有橙色鱗片的蜥蜴系尾巴。

這三名獸人少女是我迷宮脫離之行的同伴們。

被困入迷宮之際原本只會全身發抖的獸娘們，如今展現出了驚人的成長幅度，之前休息時甚至沒有我的協助就可擊退巨大青蛙。

那麼，我們的現在位置是——

從青蛙房間再穿越幾個小房間後，眼前出現了一個高六公尺、半徑二十公尺左右的圓筒形大房間。

如今我們所在的通道與大房間中段的牆壁相連，圓筒的側面有看似凹陷的斜坡一直通往大房間的下方。

而在大房間的深處，帶有光澤的灰白色門前則是盤據著巨大的蜈蚣。

不同於普通的蜈蚣，對方頭頂上長有三根彷彿將鐮子反向擺放般的角。

「主人，要繞路嗎？」

「不，直接突破吧。會有點危險，妳們三人就在這裡待命。」

蜈蚣的等級高達二十七，而且還擁有「毒」和「射出」這些種族固有能力，所以沒辦法讓這些孩子們戰鬥。

另外更具備了「耐火」的能力，因此無法用特地製作的火焰瓶來燒死對方。

「……知、知道了。祝您旗開得勝——」

莉薩看似不甘心地點頭，祈禱般地為我送行。

這麼替我操心雖然很令人高興，不過也太誇張了。

我一手拿著魔法槍，走下了斜坡。

來到中程之際，察覺我存在的蜈蚣猛然抬起腦袋。

既然被發現就沒辦法了。我從斜坡上輕盈地跳至地板以閃避蜈蚣的突擊。

「主人！」

我向憂心的莉薩她們揮揮手表示不要緊，朝著毫無防備地暴露出下顎的蜈蚣擊出一發魔法槍。

儘管摧毀了一半的臉，但對方仍然在活蹦亂跳。

蜈蚣彷彿蛇一般發出「嗄——」威嚇聲，用不帶感情的眼神瞪著我。

為了避開汩汩滴落的綠色血液，我向後跳開——

「後面～？」

「危險喲！」

伴隨著破風聲，蜈蚣的尾巴飛來。

那泛著黏稠光澤的棘刺上面想必具有毒性的追加效果。

我噠的一聲踹地飛上半空中，有驚無險地閃避了尾巴。

面對閃避的瞬間從尾巴射出的棘刺，我則是在空中扭動身體的同時用魔法槍加以擊落。

「嘿！」

「看招喲！」

可以見到為了掩護我，小玉和波奇朝著蜈蚣的頭部丟擲石頭的模樣。

「命中～？」

「太好了喲！」

兩人拋出的石頭命中了蜈蚣被粉碎的臉部。

或許是喪失外殼的部分遭到攻擊後相當疼痛，蜈蚣將注意力轉向兩人。

「哇！衝過來了喲。」

「快逃～」

「妳們兩人趕快跑向通道深處。」

儘管看不見，卻可以聽到獸娘們焦急的聲音。

我勉強伸出手，成功地將手指卡進蜈蚣的節肢縫隙當中。

然後使勁拉扯蜈蚣。

或許是太過用力，導致節肢的外殼剝落，但總算成功阻止了對獸娘們的突擊。

雖然角已經刺中了放在獸娘們身旁的袋子，不過區區行李要多少就有多少。

幾乎在雙腳落地的同時，我也踢碎從上方掉落的蜈蚣頭部，完成了討伐。

◆

「主人，我來幫您洗背。」

「嗯嗯，謝謝妳。可以順便幫我看看背上有沒有傷口嗎？」

由於被蜈蚣的體液淋得全身都是，我用水盆裝了水正在清洗頭髮和身體當中。

莉薩用溫柔的手法，以沾濕的毛巾幫我擦拭無法搆到的背部。

「沒有任何傷口。背部非常漂亮。」

「光滑～？」

「好像嬰兒一樣滑溜溜喲。」

或許是想要模仿莉薩，小玉和波奇似乎也用手掌在清洗我的背部。

「妳們兩人，這樣很癢哦。」

小手的搔癢讓我扭動身體。

「搔搔癢～」

「波奇也不會輸喲！」

「哈哈哈，投降。我投降了。」

回憶著從前在鄉下和堂姊妹們一起洗澡的懷念感，我帶著笑容向兩人投降。

「小玉贏了～？」

「波奇也贏了喲！」

「妳們兩人不要礙事，去回收蜈蚣身上的魔核吧。」

莉薩這麼責備開心的兩人。

儘管是不同種族的三人，看起來就像是可靠的姊姊和天真無邪的妹妹們一樣。

「蜈蚣的魔核在哪裡喲？」

「很遺憾，我沒有遇過蜈蚣魔物，所以不清楚正確的位置。大概就跟其他的蟲類一樣在頭部，或是頭部的連接處吧。尾巴和獠牙或許留有毒性，要小心一點。」

「系系～」

「知道了喲。」

小玉和波奇踩著尋寶般的愉快步伐，朝著蜈蚣的屍體方向跑去了。

「主人，擦拭完畢了。」

「謝謝妳，真是幫了大忙。」

我向莉薩道謝，同時穿上偷偷從儲倉裡取出的衣服。

剛才所穿的長袍則是先隨便塞進袋子裡，再移動至儲倉的污物資料夾裡。

「主人，蜈蚣的體液若不清洗的話，長袍的布料會受損的。」

莉薩頂著些許傷腦筋的表情將手伸向袋子。

儘管認為沾滿蜈蚣體液的衣服丟掉也罷，但布料在這個世界相當貴重，所以將其拋棄或許不是個好主意。

我於是改變想法，在袋子裡從儲倉取出弄髒的長袍後交給莉薩。

她先用剛才的水輕輕漂洗長袍後，再更換水盆裡的水，改用稻草束一般的物體及看似白灰色的東西開始幫我手洗長袍。

話說回來，莉薩不僅會照顧人，而且還相當勤快。

娶了莉薩的男人似乎會很幸福。

◆

「傷腦筋～」

「傷腦筋喲。」

小玉和波奇查看袋子後變得很為難。

回收完魔核的獸娘們表示肚子餓，我於是決定在大房間的角落用餐，但似乎發生了始料未及的事態。

正準備生火的莉薩也抬起臉來憂心地望著兩人。

「怎麼了？」

「洞～？」

「平底鍋破洞了喲。」

波奇從袋子裡取出的平底鍋上面開了個畸形的洞。

上次休息的時候，記得這個瓶底鍋應該還能正常煎肉才對。

「凶手是蜈蚣～？」

「是剛才的蜈蚣弄壞的喲。」

啊啊，是蜈蚣的角刺中袋子的時候弄破的嗎……

「既然壞掉就沒有辦法了。下次再來煎肉，先吃燻肉和起司吧。」

「系。」

「是喲。」

莉薩的發言讓兩人有些沮喪。

大概是上次休息的時候所吃到的煎肉相當美味的緣故吧。

我環視大房間，看看能為她們做些什麼，恰好見到了不錯的東西。

「莉薩，那個能不能用呢？」

「——那個嗎？」

我向驚訝得瞪圓雙眼的莉薩投以微笑後，撿起在戰鬥中剝落的蜈蚣外殼。

既然跟金屬一樣堅硬又具備「耐火」能力，應該承受得住火燒吧。

◆

柴火劈啪燃燒的爆裂聲迴盪在大房間裡，外殼上面加熱後的油脂散發出誘人的氣味。

正如我的預料，外殼發揮了平底鍋的功能。

「嗯～好香～？」

「啊啊，等不及煎下一塊肉了喲～」

「再多等一下。」

在利用外殼煎肉排的莉薩身旁，小玉和波奇兩人陶醉地眯細雙眼。

小玉揮動手臂，波奇則是手和尾巴擺動著，一副迫不及待的模樣。

「來，煎好了哦。妳們兩人把盤子拿來吧。」

「系！」

「是喲！」

聽了莉薩的話，小玉和波奇迅速遞出了盤子。

盤子裡沉甸甸地盛裝了熱氣騰騰的厚片肉排。

猶如家庭式餐廳的牛排活動般，是厚達三公分足以成為主力商品的厚重尺寸。

小學女生年紀的波奇和小玉看似吃不完，但這塊肉排事實上卻已是第三塊了。

「趕快乘熱吃吧。」

莉薩這麼催促後，張大嘴巴的兩人便豪爽

地咬下肉排。

她們用叉子固定住肉排，一邊狼吞虎嚥地與肉排奮戰。

換成現代日本，她們的飯量簡直可以在大胃王比賽裡大顯身手了。

「主人，您真的不需要肉排了嗎？」

「嗯嗯，一開始的就很夠了，妳們三個人一起吃吧。」

莉薩開始煎起自己的肉排後這麼勸我進食，但我堅決推辭了。

儘管滋味不會遜於香氣，目前也還有食慾，我仍克制自己出手。

畢竟，就算再怎麼美味，巨大青蛙的肉——還是有點難下嚥呢。

潔娜與佐藤的約會

「佐藤先生，你怎麼了嗎？」

不起眼系美少女潔娜，擺動著淡金色的頭髮這麼望來。

由於不好意思說自己是看她津津有味地吃著甘薯的模樣太過入迷，我於是用一句「沒什麼」來掩飾，然後牽著她的手繼續逛起露天攤販。

潔娜開心的笑容和可愛的服裝吸引著前往露天攤販的人們頻頻回頭。

初次見面的時候，潔娜的打扮是她所擔任的領軍魔法兵專用的皮甲，今天的她則穿上了藍色及膝的裙子和清秀的白色襯衫。

或許是討厭裝飾品，抑或是單純不感興趣，她身上完全沒有配戴任何項鍊、戒指或胸針。

「這個髮飾似乎很適合潔娜妳呢。」

「是銀製品呢。雖然很漂亮，不過光靠領軍的薪水有點下不了手。對了，這邊的手帕你不覺得也很漂亮嗎？」

潔娜對於髮飾大概沒有什麼興趣，反而牽著我的手移動到了隔壁販賣手帕的露天攤販。她看起來並沒有讓我贈送禮物的想法。

並非經過刺繡的手帕，潔娜所物色的都是一些沒有圖案的手帕。

「佐藤先生，這邊的藍色手帕和黃色手帕，你覺得哪一條比較好呢？」

潔娜將兩條手帕拿在手上向我展示。

「藍色的比較適合潔娜妳。」

「嘿嘿，果然是這樣嗎？」

潔娜一手拿著藍色手帕，露出靦腆的微笑。

順帶一提，我之所以選擇藍色，是因為她在挑選時注視的時間比黃色要長的緣故。

當女性面臨二選一的時候，大多情況下自己心中早就已經做出決定了。

所以與其說讓對方選擇，其實更像是在讓對方肯定自己的選擇。這是大學裡某位自稱很受歡迎的學長所說過的。

我在大學時代交往的女友大多都符合這種情況，所以這樣的心理應該也可套用至異世界裡的這個希嘉王國的聖留市。

「這條白色手帕也要一併購買，請優惠我兩枚銅幣吧。」

「不行不行，八枚銅幣根本賺不了錢啊。這種價格我可不會賣哦。」

潔娜正在和露天攤販老闆交涉價格當中。

不同於現代日本，在這個希嘉王國殺價是很普遍的，所以絕對不能按照老闆最初所開的價格購買。畢竟對方一般都會開出兩、三倍的價格。

我所擁有的「市場行情」技能告訴我手帕的價格為藍色三枚銅幣，白色是兩枚銅幣。有刺繡的手帕則似乎要雙倍價格。

總覺得部分的藍色手帕讓我感到很在意。仔細一看，濃淡不一的區域比其他的要大了一些。

大概是我的「殺價」技能告訴我的。就藉這個機會來幫一下潔娜好了。

我換上和煦的笑容，向年過四十的老闆交談。

難得來到異世界而且年輕了十四歲，我於是刻意露出了十五歲少年應有的爽朗笑容。

「大姊姊，這個地方顏色深淺不一，莫非其他的手帕也是這樣嗎？」

「嗯？深淺不一？嘖，真虧你能發現呢。就優惠一條，七枚銅幣。」

「一條不夠，請再優惠一條吧。」

潔娜迅速切入了我創造出來的空檔。周圍的家庭主婦們紛紛讚嘆道「好精彩的聯手攻擊」。

距離市場行情還差一點。

再仔細端詳手帕，這次則是注意到部分的縫製品質。

「這裡的縫線好像有些脫落哦！」

「才一點而已嘛，這樣算是正常的哦。」

「唉呀。您剛才不是說縫線很牢固，所以就算這個價格也不會吃虧的嗎？」

潔娜接續了我的助攻。

「我……我有說那種話嗎？」

「是的，您說了。」

那對於畏縮的老闆乘勝追擊的手法實在很出色。

「知道了，兩條手帕算妳四枚銅幣。真是的，好一對匹配的夫妻啊。」

「哪……哪裡像了……怎……怎麼說是夫妻……！」

拿著戰利品手帕，潔娜兩手貼在紅通通的臉頰上害羞地扭動身子。

儘管覺得很難為情，她卻看似很開心地嘴角露出笑意。

「請不要太挖苦人家了。來，這是費

用。」

我和潔娜就連男女朋友也不是，所以根本就是毫無根據，但潔娜既然看起來很高興，我也就不特地否定，直接支付手帕的費用了。

來到這個都市之前，我因為某件事情而獲得了足以買下整個國家的財寶，所以這點支出並不算什麼。

「好，謝謝惠顧。妳還真是前程坎坷啊。」

露天攤販老闆從我手中接過銅幣，然後給了潔娜一個不冷不熱的鼓勵。

回過神來的潔娜，我在她的頭髮上綁了刺繡的藍色緞帶。這是剛才的殺價戰中，我偷偷在隔壁攤車購買的商品。

「請……請問，這個是？」

「是我送妳的禮物。搭配潔娜妳漂亮的頭髮非常好看哦。」

儘管紅著臉顯得惶恐，潔娜聽了我的稱讚後仍露出了笑容。

而且是太陽一般的燦爛笑容。

來到異世界最初認識的人是潔娜，我覺得這真是太幸運了。

對於將我帶來異世界的那個素不相識的某人，我在心中悄悄發出了感謝的念頭。

小玉的最愛

「快塗上創傷藥吧——」
不是主人的人族男生這麼命令道。
聲音非常地溫柔。不像主人那樣會吼叫。
雖然他叫我用乾淨的布擦拭受傷的地方，可是也太浪費了。
小玉的身體就算擦了也會弄髒的。
不過既然是命令，不擦就會挨打。
小玉討厭疼痛。
所以，就躲在角落一點一點地擦拭。
水也很乾淨。
就像下雨天桶子裡的水一樣好聞。
雖然口很渴想要喝水，可是沒有「允許」就不能喝。因為，小玉是奴隸。
莉薩說，要把白色容器裡滑溜溜的東西塗在傷口上。
「塗了就不會痛了嗎？」這麼詢問後卻挨了罵。「別說了，趕快塗抹。」
要是惹得小少爺不高興，就會被丟在這裡的——莉薩露出快哭出來的表情。
第一次看見莉薩的這種表情。
小玉對這個地方也有種討厭的感覺，很想出去。
所以，就把滑溜溜的東西塗在傷口上。雖然很痛還是要塗。
因為，小玉不喜歡被丟下來。
偷偷舔了一下手上沾到的滑溜溜東西，味道苦苦的。

◆

男生分別拿給我們三枚聞起來香香的板子。
好香的味道。
是秋天的味道嗎？

去有錢人的城鎮跑腿時曾經聞過這種味道。

前往有錢人的城鎮雖然會被人族的孩子又踢又打，不過充滿香味所以很愉快。

聞到這種板子的味道就覺得很幸福。

啊啊，肚子開始咕嚕咕嚕叫了。

雖然很想舔一下，不過要是自作主張就會挨罵的。

這一定是食物，所以偷吃的話就會被教訓得整個人無法動彈。犬人的孩子之前因為偷吃了「肉乾」就被毒打得動彈不得。所以，小玉不會吃的。

男生不解地傾頭。

「不用客氣，儘管吃吧。」

──咦？可以嗎？

我們可以吃這麼香的板子嗎？真的？

看了一下波奇，她的手正在打哆嗦。目光對上了。波奇好像也不知道該怎麼辦才好。

我們兩人一起望向莉薩。

莉薩也瞪圓了雙眼和嘴巴驚訝不已。用眼神詢問：「真的可以吃嗎？」結果得到了點頭肯定的回答。

──原來真的可以吃！

咬了一口板子。

什麼？這是什麼？什麼東西？不太清楚！不過，好棒！

波奇一定也是這麼想。因為，波奇的尾巴正在不斷甩動。

沒錯，這個是「甜味」！以前熊人姊姊告訴過我的。

口中的板子逐漸瓦解崩落，在口中融化。不好了！

既然會在口中融化，放在手裡說不定也會融化。

「甜味」和「美味」會消失的！

我跟波奇一起大口吃著。

然後，一轉眼就吃光光了。手上沾滿了板子的粉末，舔了舔之後發現很甜。

莉薩還在小口地吃著。莫非拿在手裡的期間不會融化嗎？

波奇露出「飽受打擊」的表情。看來波奇也在想著同樣的事情。

「妳們兩人，這麼快就吃完了嗎？……真沒辦法呢。」

就在不斷舔著的時候，莉薩將剩下最後的板子分了一半給波奇和小玉。

波奇說了一聲「莉薩，謝謝喲！」便開始大口享用。

不過，莉薩長麼大，不吃沒有關係嗎？

「沒問題～？」

「不要緊，我就算肚子餓了點也還能行動。波奇和小玉妳們要是動不了的話就很傷腦筋了。」

不可以讓莉薩困擾。小玉也要吃拿到的板子。

甜甜的很美味。我想一定沒有什麼東西比這個更美味了。

◆

喵，搖搖晃晃。

整個人再也站不住，一屁股坐在了地上。

小玉很努力了。所以，已經夠了吧？

眼皮慢慢掉下來。就算被打被踹，也完全動不了了。

「我看也別稍微歇腳，乾脆直接休息好了。」

……新主人真是體貼。

不但會給乾淨的水，還會提供甜甜的蜜餞。小玉撿石頭的話就會獲得稱讚，危險的時候也會保護我們。

小玉——沒錯，很幸福。以前豹人姊姊也抱著小嬰兒這麼說過。

鼻子前方好像有什麼動靜。

很香的味道。抽動鼻子嗅了嗅，這個我知道。是肉的氣味！

一種從來沒親口吃過的味道。莫非是肉嗎？

雖然沒有力氣睜開眼睛，但還是咬住了放入最裡的細小物體。

一睜開眼睛，只見主人正用溫柔的笑容餵小玉吃肉。

莉薩和波奇都吃得津津有味。

小玉也要自己動手吃。

不光是主人，莉薩和波奇都在笑。第一次看到莉薩露出那種笑容。

肉非常美味。雖然不會甜，可是很美味。不知道該怎麼形容才好，不過就是美味。

咬著咬著，美味逐漸在口中擴散開來。這麼美味實在很幸福。

——沒錯，這就是幸福的味道。

小玉充滿了幸福。

今後也要跟莉薩和波奇一起在主人的身邊努力。

因為，小玉是屬於主人的。

像現在這樣只有我們自己人的時候就盡情歡笑吧。」

主人這麼說著，用溫柔的表情做出了微笑。

所以波奇也用充滿活力的聲音回答了一聲「系」喲！

「主人～用毛巾噗咕噗咕～？」

「好啊。小玉妳很喜歡這個吧。」

「波奇也很喜歡喲。」

主人把裝滿「空氣」的毛巾沉入水裡，製造出噗咕噗咕的氣泡喲。

不管看幾次都很神奇喲。

看不到的「空氣」到底是怎麼收集在毛巾裡，聽了好幾次說明就是不明白喲。

主人一定就是魔法使喲。

因為把我們從壞人手中救出來了喲。

就在這麼想的時候，主人這次從手指縫裡噗咻地射出水來了喲。

和波奇洗澡

浴池很溫暖，讓人軟綿綿的喲。

「波奇，不可以在浴池裡睡覺哦。」

「不……不行喲。會……會很癢的喲。」

在浴池裡睡覺就會溺水，所以是既危險又危險的喲。主人雖然叫我起床，可是癢癢的就不行喲。

會變得無法呼吸喲？

「抱歉抱歉，妳討厭被人搔癢嗎？」

「沒有這回事喲。不過，要是大聲笑或吵鬧的話就會被教訓喲。」

波奇不喜歡痛痛的喲。

可是，更不喜歡主人露出那麼悲傷的表情喲。

希望主人可以保持笑容喲。

「這樣啊。在人群中雖然不能吵鬧，不過

很厲害喲！那個就是水魔法喲！

「這樣～？」

「是啊。一次就記住了，小玉學得真快呢。」

啊～！連小玉都使出水魔法了喲。

光是撫摸小玉的腦袋太不公平了喲。波奇也想要讓主人多摸摸腦袋喲。

不過，在這之前希望也教一下波奇怎麼使用水魔法喲。

波奇注視著主人的眼睛，做出了這樣的請求喲。

「莉薩差不多快洗完身體了，妳們數到一百就換人吧。」

「系～」

「是……是喲。」

啊啊，今天也等到這個試煉的時刻了喲。

波奇今天一定要獲得主人的稱讚喲。

「一！」

「二～？」

「三。」

這點小事波奇怎麼也不會搞錯的喲。

問題是接下來三十九的後續喲。

「三十九。」

糟糕了喲。

明明前面都很順利喲！

「波奇。」

沒……沒問題喲。

不用露出那麼擔心的表情喲。

「加油～？」

波奇對小玉的聲援點了點頭……啊啊，都是因為做了這種事情，害得腦袋都一片空白了喲。

嗯～嗯～

——知道了喲。

「七十！」

「很可惜，猜錯了。是四十。」

大受打擊喲。

三十九的後面果然很難接喲。

不知道為什麼，從波奇先開始數的話就一定會輪到四十喲。

這一定是眾神的詛咒喲。

不過，波奇總有一天要戰勝命運，獲得主人的稱讚喲。

波奇在心中這麼堅定地發誓喲。

潔娜的生還

「太好了！潔娜，妳平安無事呢！有沒有哪裡受傷呢？不要緊吧？」

我回到軍營後，莉莉歐隨即憂心地跑來，不斷摸來摸去以確認身體有無異常。

實在覺得有點癢。

「潔娜，幸虧妳平安無事。」

「潔娜，肚子餓不餓？」

伊歐娜和魯鄔見到我從迷宮生還後也表示了擔心之意。

炸甘薯雖然很吸引人，不過剛才已經多喝了一碗溫暖的燉湯所以就忍住了。

「奇怪？那件衣服是少年買給妳的嗎？」

「咦？這件衣服嗎？」

莉莉歐見到我身穿的藍色禮服後瞪圓了雙眼。

這也難怪。就算用我們好幾年的薪水也買不起一隻袖子。

「這是歐奈大人給我的。因為衣服破掉無法再穿了……」

一想起那時候的事情，至今都會害羞得想要鑽到床上去翻滾。

自己那麼不成體統的模樣被佐藤先生抱著，要是被當成不檢點的女孩子而心生厭惡的話怎麼辦？

……而且，果然還是被看到了吧？他會不會覺得太小呢？

所幸當時很昏暗，所以應該看不清楚才對。

我將手貼在自己單薄的胸膛上有些陷入悲傷。

「潔娜，接下來包在我身上吧。我會好好替妳報仇的！」

頂著凜然的表情，莉莉歐將手輕輕放在我的肩膀上做出奇怪的宣言。

——什麼？

感到莫名其妙的我透過目光向伊歐娜求助。

「莉莉歐，不可以哦。」

領會我的意圖後，伊歐娜出聲制止莉莉歐的暴走——

「不能那麼簡單就殺了他哦。必須給予足夠的痛苦，讓他打從心底後悔犯下玷污潔娜的罪行。」

——根本就沒有阻止。

反倒是伊歐娜的做法更加危險。

我將最後的希望寄託於正在架子上翻找什麼東西的魯鄔。

不知為何，其手上握著山岳巡邏時所攜帶的登山繩。

「那個，魯鄔？」

「嗯？要拷問那個黑頭髮的就需要繩子來綑綁對吧？」

魯鄔理所當然地回答了我的疑問。

「那個……大家是不是誤會了什麼呢？」

「不用擔心哦，潔娜。事情都很明白了，就包在我們身上吧。」

「我們會好好懲罰他所犯下的罪行呢。」

「手開始癢了！」

啊啊，果然是誤會了。

大家這麼擔心我固然很讓人高興，但想法也太過武斷了。

「討厭！我的衣服是因為迷宮的魔物才破掉的！佐藤先生是我的恩人，在我差點被魔物吃掉的時候救了我！」

「咦？少年不是因為色慾薰心而把潔娜妳推倒了嗎？」

「根本沒有推倒！」

莉莉歐真是的。佐藤先生是位紳士，所以還沒有結婚不可能做出那種事情。

可以見到伊歐娜嘻嘻笑著的模樣。

——妳們是在故意挖苦我吧？

「什麼啊～那麼潔娜還是清白之軀嗎。」

「等一下，魯鄔。這只是非強迫，要是出於合意上的行為——」

「是清白之軀！」

我不斷敲打著莉莉歐。

討厭，居然害人家說出這種話！莉莉歐這個笨蛋！

——不過，謝謝妳們為我擔心。我最喜歡大家了。

莉薩的擔憂

「抱歉，莉薩，我會盡快找到願意收留亞人的旅館，妳們先忍耐一下吧。」

「不，主人。這樣的待遇對我們來說已經好得過分了。」

儘管主人愧疚地這麼表示，我們奴隸睡在泥土地上卻是很普通的事情。

待遇不錯的主人還可拿到用稻草編織的草席，但我們以前所待的地方，就連人族奴隸都沒能獲得那種東西。

更不用說，要把全新的稻草束當作床鋪簡直就是痴人說夢。

其證據就旅館的女兒在主人身後喃喃說著：「一點也沒錯呢～」

「軟綿綿～？」

「很美妙喲！主人也要一起睡喲！」

在稻草床上天真地跳來跳去的小玉和波奇這麼邀請主人。

包括我在內，這兩人似乎非常喜歡溫柔且對亞人沒有偏見的主人。

「妳們兩人，不可以強人所難。」

「系～」

「是喲。」

主人今天買下了繁殖用的同族女孩們，所以應該會跟她們同床才對。

要讓主人在這裡哄小孩未免也太殘忍了。

「晚安，各位。肚子餓了可以自己拿背包裡的糧食來吃哦。」

「感謝您的周到的安排。」

主人揮揮手之後便離開了馬廄。

身後很快就開始傳來沙沙聲，回頭一看赫然是波奇和小玉正從背包裡取出肉乾和起司塊。

「妳們兩人，快把糧食放回背包。」

「為什麼～？」

「主人說可以吃哦！」

看樣子，這兩人好像誤會了。

「妳們兩人聽好了──」

我讓兩人端坐在稻草床上，傳達了主人所表達的意思。

這些是當主人忙碌而無法給予早晚餐時的緊急糧食，所以並不代表可以自行當作點心。

更何況剛才明明就飽餐了和主人一樣豪華的餐點，這兩人還真是傷腦筋。

「而且……」

不，這件事告訴小孩子們也只會讓她們不安罷了。

在迷宮裡經過主人的鍛鍊後，我們漸漸能夠應付普通的戰鬥，但主人從根本上來說並不需要我們。

儘管在迷宮或城裡都把我們當作同族的孩子一樣保護著，不過如今返回日常後，根本就不知道主人什麼時候會改變心意，以「不需要妳們」的理由將我們賣給奴隸商人。

事實上如今就連找一間旅館，我們也都成了主人的累贅。

我們無法像那個紫髮女孩一樣能夠臨機應變，化解主人的危機。

倘若主人是對其他種族的異性懷抱性方面特殊嗜好的人，我也就不用這麼操心了……

不，這種想法對主人很失禮呢。

「莉薩～？」

「是不是肚子痛喲？」

看來我將心裡所想的事情都表現在臉上了。

憂心忡忡的兩人抓住我的手，從下方仰望而來。

「不，沒──」

正打算表示自己沒什麼之際，我突然打消了念頭。

或許她們可以想到什麼幫助主人的好方法也說不定。

「我正在思考有沒有可以幫助主人的好辦

法。妳們兩人有什麼點子嗎？」

「跟敵人戰鬥～？」

「波奇也會戰鬥喲。」

——在城鎮裡根本沒有什麼機會戰鬥吧。

「撿石頭～？」

「解體喲。」

——很遺憾，那只限定在迷宮內呢。

「幫忙洗背喲！」

「小玉也是～」

——浴缸嗎？那真是個好東西。真想再泡一次。

「發現敵人～？」

「把堅果撿回來當點心喲！」

「小玉會抓老鼠～？」

——儘管主人看起來不像缺錢的樣子，不過要是我們能自己籌措食物，應該會減輕負擔吧？

就在遲遲想不出好辦法之際，發睏的兩人已經開始昏昏欲睡了。

這時候馬兒發出「呼嚕」的鼻息聲，讓兩人跳了起來。

「波……波奇沒有睡覺喲！」

「小玉也是～沒有睡～？」

面對睡眼惺忪四下張望的兩人，我撫摸她們的腦袋告知「今天就先睡吧」然後讓她們的身體躺下。

「莉薩，馬～？」

躺在稻草床上的同時，小玉這麼喃喃說著。

撫摸著發出安詳鼻息的兩人頭髮，我也一起躺了下來。

但不知為何，心裡卻很在意小玉剛才的自言自語而睡不著。

我究竟在意的是什麼呢？

……當天晚上，我作了夢。

內容是被人族的魔法使大小姐所救、我們

在迷宮裡走投無路時獲得主人幫助，還有在迷宮和主人一起跟魔物戰鬥，以及在城過著夢幻般的生活，然後是——

「——旅行！」

我整個人跳起來後，視野裡是朝陽射入馬廄的光亮景象。

波奇和小玉被我的聲音驚醒，揉著眼睛起床一邊伸懶腰。

「早～？」

「早安喲。」

我並未回應打招呼的兩人，而是拚命摸索著在夢中抓到的線索。

「沒錯，就是旅行。」

「旅行～？」

「早上要說早安喲？」

——我想起來了。

逗留在城裡時，主人曾說過想去看看公都的運河。

既然如此，就來學習旅途中能派上用場的事情吧。

首先從手邊的馬兒開始。

就向打開馬廄門走進來的管理員請教一番好了。

也許會遭到拒絕，但不能因為這樣就氣餒。

無論是多麼骯髒的工作或雜務，我們都要多學會一樣技能來幫助主人。

帶著波奇和小玉，我毅然決然地走向了馬廄的入口。

奴隸公主

『啊啊，亞里沙，妳淡紫色的鬆軟頭髮真是漂亮。』

『主人清爽的黑頭髮也很帥氣哦。』

黑髮主人的手撫摸著我的頭髮，在耳邊這麼柔聲低語。

『包括依然單薄的胸部和纖細的手臂，妳的一切都那麼可愛。』

『討厭，主人真是的♪』

主人彷彿女孩子一般的白皙手指慢慢解開我的衣服鈕釦。

——討厭，這時候應該是注視著眼睛進入接吻階段的模式吧？

呼嘿嘿，真是夢想無限～

「呼嘿嘿嘿！」

「……亞……亞里沙？」

哦，不行不行。太沉迷於妄想，不小心透露出內心的聲音了。

露露的美少女臉龐變得黯淡，觀察著我笑嘻嘻的表情。

身為自己的姊姊，她長得依舊是一副傾城的美貌。結果看在別人眼中居然是個醜女，這個世界的審美眼光未免也太罪大惡極了。

「沒什麼哦。只是因為發現喜歡的類型而有點高興。」

露露聽了我的話之後換上快哭出來的表情。

「喜不喜歡根本沒有意義。因為，我們已經變成奴隸了哦！」

「別擔心～包在我身上～」

我「砰」地拍了一下單薄的胸膛以化解露露的憂心。

因為我可是經由神所安排轉生的命運公主。

而且剛剛看到的黑頭髮是個日本人臉孔的

正太，那一定就是轉移者或被召喚而來的勇者了。

再加上雙方確實對上了目光，就連豎旗的動作也完美達成了呢。

想必他現在正利用作弊技能賺取足夠的資金以買下我和露露。

因為，這就是異世界作品的老橋段嘛。

我會滿懷信心等著的，我的主人。

露露的主人

「現在要帶妳們到候補主人那裡。這可是在奴隸拍賣會上賣剩之後，妳們兩個人最後的機會了。」

奴隸商人用恐怖的表情俯視我們。

我下意識顫抖的手，被另一隻小手用力握住了。

「不用怕哦，露露。有我陪著妳。」

「……亞里沙。」

居然會被妹妹鼓勵，我真是個失敗的姊姊——得振作起來才行！

我將這番決心牢記在小小的胸膛內。

接著，在我們被帶往的房間裡，有一位身後帶著亞人女孩的黑髮男生在等待。

是和我年紀相仿，看起來很溫柔的人。面孔和母親有些相似。

那位男生吃驚般地注視著我的臉。

……雖然從小時候就被人罵醜女，但這種啞口無言的反應實在很傷人。

我勉強告知了自己的名字，但這已經是極限了。

——因為，明明是宛如裸體的打扮，那位男生的目光卻沒有望向我的身體，只是茫然地注視著我醜陋的臉龐。

我根本就做不出吸引對方買下自己的推銷舉動。

我已經放棄了。就這樣賣不出去，被送去礦山才是我的命運。

「尼多廉先生，我可以稍微摸摸看嗎？」

「是的，佐藤大人請便。」

——咦？咦？咦咦咦咦？

要……要摸哪裡呢？

突如其來的事態發展讓我全身僵住，只能忍耐著。

男生的手伸向了我——

然後沙沙地溫柔撫摸了我的頭髮。

簡直就像是對戀人所做的柔情動作一樣。

男生的手就這樣貼在我的臉頰上，將臉靠近過來。

莫……莫非是要接吻嗎？

與其在礦山都市獻給素不相識的大叔，還是同年齡的男生比較……

我緊緊閉上眼睛等待著那一刻。

我的心臟怦咚地劇烈跳動。或許是血液上升至腦部，甚至產生了耳鳴。

……不過，那一刻遲遲沒有到來。

啊啊，時間居然會過得這麼緩慢……

男生在耳邊用陌生的語言喃喃說了什麼。他的呼吸碰到耳朵，讓我整個人自腰部差點就要癱軟。

感覺對方離開後，我睜開眼睛一看，只見那位男生正在和奴隸商人交談。

望著他平靜的側臉，不知為何心裡湧現了一種憂鬱的情緒。

不過，無視於我的想法，男生同樣也對亞里沙低聲說出相同的語言。

「呀──拿掉，我最討厭蜘蛛了！」

不知原因為何，但亞里沙的這聲尖叫卻成了關鍵，我們姊妹於是被買下來作為主人的奴隸了。

「今後請多指教了。」

「是……是的……我會盡心盡力服侍的。」

這就是溫柔且不可思議的主人與我們姊妹的相遇。

被囚禁的公主

我是蜜薩娜莉雅．波爾艾南。精靈之村的笨女孩。

大人們明明就叮嚀過好幾萬次「不要到森林外面」，但我卻為了追逐散發彩虹光輝的蝴蝶而踏出了森林的結界。

等待著我的則是骸骨魔術士。對方操縱影子讓和我一起的羽妖精們無法動彈後，便將我擄走了。

「──歡迎來到我的墓碑。」

骸骨這麼說著，將我綁在椅子上進行某種儀式。

一種彷彿和自己以外的事物相互連接的感覺傳來。溢出的魔力不斷在我的身體裡肆虐。

「連上『搖籃』了嗎──」

骸骨說了些什麼，但還未聽完，我的意識

就陷入了黑暗。

不知過了多久。

每當我睜開眼睛，房間的模樣都會有所變化。

原本荒野般的大房間，變得就像村裡的元老之廳一樣金碧輝煌。

而照顧我的人，也從木頭人偶變成了和母親莉雅十分相像的魔造人女性。

最初僅有一個女人，如今也增加為八個。除了其中一人，其他人胸部都很大。

「──公主。」

「……不是公主。」

這些女人稱呼我為公主。

儘管我好幾次否定，她們仍然這麼稱呼。

「No.5、No.7！有入侵者。前往迎擊。」

「肯定No.1的指令。變更任務──這麼報告道。」

「肯定No.1的指令，這裡相當安全──這麼向公主報告。」

這些說話方式怪異的女人不見了。骸骨也跑了出去所以不在。

如今在這裡的只有我一人──必須逃走才行。

我甩開籠罩著意識的霧氣，從椅子走下來。

自從來到這裡，身體就覺得很沉重。

我循著腳邊淡淡的光輝，在迴廊裡前進。倚靠著迴廊的牆壁，用蝸牛一般的速度邁出步伐。

要是被羽妖精們看見，大概會被嘲笑吧。

迴廊的另一端出現了木頭人偶。我心裡一慌，把身體鑽入了附近的藤蔓當中。

藤蔓的一部分展開，熟悉的身影映入了眼簾。

「唉呀？幼子，迷路了？」

「樹精？」

「是啊～雖然很想送妳回村子，不過這裡

跟外界不相通哦。」

還以為終於可以回去了……

「所以就換個方式，送妳到出口附近好了。這次的報酬等妳有能力再支付吧。千萬不要忘記哦。」

「嗯。」

還來不及道謝，我就被轉移至挑高的寬廣大廳裡。

耳朵深處殘留尖銳的聲響，相當不舒服。

『——蜜薩娜莉雅大人！』

在逐漸朦朧的視野裡，最後出現的是紅色頭盔。

挑選衣服

「不知羞恥。」

「富有機能性，便於活動——這麼強調道。」

蜜雅不悅地斥責娜娜穿在斗篷底下的服裝。

儘管娜娜出言辯護，但論點已經走調了。

「先不論羞恥的問題，一不小心就好像會被看到內褲了。」

「被看到不可以嗎？」

「啊啊！娜娜小姐，不可以掀起來！」

露露感同身受般地紅著臉叮嚀道，但娜娜好像還不太明白。

從剛才就若隱若現的白色內褲，被娜娜親手暴露在大太陽下了。

或許是對於缺乏性感的不起眼內褲不感興

趣，主人從剛才就很鎮定地和莉薩她們一起搬運行李。

「對了，主人。」

「什麼事？亞里沙。」

「我想去幫娜娜小姐買衣服，可以嗎？」

「好啊。蜜雅也只有娜迪小姐提供的舊衣服，應該很困擾才對，就一起幫她買吧。」

主人二話不說就丟來了小袋子，裡面裝滿了金幣。

花起錢來真是隨便，應該說要是我不好好控管的話很可能會破產。

哼哼哼，這就是所謂在幕後支持老公的賢妻良母吧？

「姆？」

待我察覺蜜雅一臉納悶的表情，已經是主人他們留下蜜雅和娜娜出門採購旅途必要物品的時候了。

「買什麼樣的衣服好呢？」

「這個。」

「哦——水藍色的連衣裙嗎。既然如此，這件喇叭裙是不是很棒？」

「這邊。」

「我懂了，原來裙襬有滾邊的比較好吧。」

蜜雅挑選的是一件到膝蓋上方帶有滾邊的連衣裙。胸部上方敞開的樣子顯得相當嫵媚。

「這樣的話，跟這邊的女用襯衫搭配起來就更美妙了哦。」

「啊，真的。」

「毛茸茸。」

蜜雅所指的是女用襯衫用來固定領口的緞帶。緞帶的前端附有蒲公英冠毛一般的小毛球。

「穿得太單薄會感冒——這麼警告道。」

「哦——很棒的披肩呢。這邊的開襟毛衣似乎也很合適。」

「這個也是。」

「原來還有褲襪啊。伸縮性不怎麼樣，不過好像挺暖和的。既然都來了，就連大家的份也一起購買吧。」

「嗯。」

乘著蜜雅請店家的大姊姊幫忙確認修改尺寸的期間，我也幫娜娜審查衣服。

「亞里沙，希望買這件衣服。」

娜娜選擇的是黃色的衣服。

「駁回。」

「請再考慮。」

普通的衣服還無所謂，換成連妓女也會臉紅的那種透明衣服就不行了吧。

這下子還是得由我來幫忙搭配了呢。

哼哼哼，開始手癢了。

伊涅的魔法藥

「伊涅妮瑪亞娜，怎麼了？」

「老師，魔力用光了——」

我向憂心忡忡地觀察的老師這麼報告道。

嗚～魔力不足讓腦袋暈暈的～

「那可不行呢——魔力枯竭對身體不好，趕快喝下這個吧。」

「……是——」

啊嗚啊嗚，是魔力回復藥。

味道非常苦，我最討厭喝了。

「怎麼了？」

就在我猶豫之際，老師嘆了一口氣：「真沒辦法呢。」

——莫非不用喝也沒關係嗎？

這樣的期待只維持到老師迅速捏著我的鼻子，將苦苦的魔法藥灌入嘴裡為止。

嗚啊啊啊啊，太……太苦了。

儘管「咳咳」地嗆到喉嚨，我仍一邊喝光了老師遞來的水。

不過，苦味總算不再清晰地折磨我的舌頭。

為什麼魔法藥會這麼苦呢？

要是像無花果或野莓那樣甜的話就好了！

◆

半個月後，我遇見了理想的魔法藥。

「……好甜。」

真是大受衝擊。

沒有任何苦味，甜甜的蜂蜜口味魔法藥。

鍊金術師佐藤先生給我的魔法藥，以柔和的甜味奇蹟般地將我包裹住。

可以感覺到枯竭的魔力伴隨微微的甘甜一併回復了。

咕嚕嚕地喝光後，小瓶子裡的液體轉眼間就見底。

換成平常，就算只喝一半也要鼓起勇氣，然而今天卻喝不過癮。

我伸出短短的舌頭試圖喝下殘留在瓶底的數滴液體。

嗚嗚，喝不到……

沒辦法，我只好用手掌敲打顛倒過來的瓶口以獲得藥滴。

每一次手掌咚咚拍打，都有些許的藥滴殘留。

我小心翼翼地將其舔進嘴裡。

萬一被老師看到就會挨罵，但佐藤先生卻是輕輕撫摸我的腦袋。

「魔力回復了嗎？」

「啊，嗯。這個好好喝。」

「那麼，再接下去繼續吧。魔力耗盡後還會給妳喝，加油吧。」

「嗯！」

還可以拿到甜甜的藥！

靠著這句話，我鼓起幹勁繼續進行魔法藥的鍊成。

◆

自那之後，不知過了多久的時間。

我已經從老師的身邊獨立，甚至以一名鍊金術師的身分收了徒弟。

這一切，都是為了要重現那種甜甜的魔法藥而朝著鍊成努力邁進的成果。

「老師──混合了。」

「老師──魔力耗盡了。」

「已經軟趴趴了～」

年紀尚小的弟子們用充滿期待的眼神望向這邊。

「已經不行了嗎？那麼，得要回復才行呢。」

「耶──」

「魔法藥──」

「太好了──」

我將魔力回復藥的小瓶子交給兩人。

兩人毫不猶豫地打開蓋子，珍惜地開始飲用。

「好甜──」

「呼──好好喝。」

「只要有這一瓶，不管多累都可以努力修行哦。」

面帶笑容的孩子們奔向了鍊成釜。

將他們的模樣和以前的自己重疊起來後，我不禁笑了出來。

佐藤先生，我的藥是否已經趕上了你的腳步呢？

對於在天空彼端活躍的另一位老師，我在心中這麼講述著。

莉薩的訓練

『聽好，莉薩。槍是手臂的延長。要集中精神，寄託意識直至槍尖。當妳真正辦到的時候，或許就能夠和我們的始祖一樣獲得魔刃的極致了——』

最近每當揮動長槍，就會想起小時候祖父所說的話。

『——莉薩。你父親的槍很強。不過仍然有不少多餘的動作。真正的槍使招式要靜謐。甚至讓人察覺不到揮了槍，如此動作俐落的姿態才是最理想的。將來有機會真想讓妳見識槍聖古爾加波亞大人的神技啊……』

那個時候，我不太明白祖父的話。

因為我沒能在冷冰冰的槍中發現任何的價值。

「莉薩，妳真勤奮呢。」

「主人——莫非打擾您安睡了嗎？」

守夜時我為了驅除睡意而進行槍招練習，看來好像太過入迷而發出噪音了。

我面色如灰地向主人這麼詢問。

「不是哦。差不多快到交接班的時候了。」

儘管惶恐，我仍收下主人遞來的毛巾擦拭汗水。

這位年輕的主人對於奴隸可說是過份地體貼。

「槍可以借我一下嗎？」

「是的，當然可以。」

平時我不會讓他人觸碰自己心愛的槍，唯獨主人是例外。

因為這把槍是主人當初為了赤手空拳的我而製作出來的。

「那麼，就借用一下了。」

主人從我手中接過槍之後擺出架勢。

——好驚人的自然體。

明明沒有蓄力，各處卻找不到任何破綻。

主人用行雲流水般的自然動作揮動長槍。

難怪會覺得眼熟，他似乎正在模仿我剛才所做的槍招練習。

「──！」

不成聲的讚嘆洩出。

這是完成形。簡直就是槍之神技。

當年祖父所告訴我，沒有任何多餘動作的究極招式。

不會多振動一分的空氣，也不對大地多施加任何力量。

「啊……」

主人短短數閃便結束的槍舞，使我發出了依依不捨的聲音。

究竟該怎麼修練，才能到達那種神技的門檻呢？

所謂的武術之路，實在沒有盡頭──

「果然不能邊看邊模仿呢。只能施展出毫無震撼力的突刺。」

「不，已經是相當出色的槍招練習了。」

我從害羞般謙虛的主人手中接過長槍。

儘管目前完全無法做到──不過，剛才的神技卻深深烙印在我的眼底。

即使只有半步也好，我有朝一日必定要到達那個境界！

面對身為搭檔的黑槍和主人的背影，我悄悄地這麼發誓。

卡麗娜與拉卡

小時候，父親大人問我將來的夢想之際，

「我要當勇者！」

我似乎是這麼回答的。

這個答案應該說很符合我的個性吧。

隨著年紀的增長，當我知道成為勇者的隨從，甚至是隨從的地位都遙不可及後，我就再也沒有將這句話放在嘴邊了。

儘管父親大人沒有說出口，但他大概希望將他領的貴族招為女婿，藉此來協助我弟弟統治領地。

我很清楚自己應該去學習新娘課程，而不是像延續小時候的玩耍那樣進行著戰鬥訓練，但不管怎麼樣我就是無法投入，所以一直獨自在後院裡全神貫注力地進行模仿式的訓練。

——這樣的某一天裡。

當我汗流浹背，走向位於廣大後院角落的果樹林準備解渴之際。

「……是嗎，魔王陛下的復活已經有眉目了對吧？」

傳入耳中的聳動對話，讓我差點以為心臟要停止了。

對話的其中一方是我們穆諾領的執政官。一旦被那雙冷酷的眼睛瞪視就會不安得無法入睡，是個很可怕的人。

另外一人則看不到身影。

不，大樹的暗處佇立著漆黑的異形。

當我下意識向後退去時，很不幸地踩中了一根小樹枝。

樹林裡響起了尖銳的劈啪聲。

「——是誰！」

聽到執政官質問的聲音，我反射性地跑了起來。

由於是從小玩到大的後院，哪裡有什麼東西就像自己的房間一樣知之甚詳。

我鑽入樹叢之間，躍過倒木，在穿過壞掉的牆壁縫隙之後逃進了廢墟裡。

這裡是可以躲人的地方──就在這麼放心之際，卻有其他的不幸在等著我。

突如其來的飄浮感和視野轉暗。

緊接造訪的是劇烈的疼動。

「蠢貨……還不到我出手解決，居然自己就死於意外。」

抬頭一看，只見執政官和畸形的魔物正從高處在俯視著。

「人還活著哦！」

「時間的問題罷了。」

僅這麼告知後，他們便消失在現場了。

看樣子，我好像踩穿了廢墟的地板而墜落至地下室。

身體好痛，就連手指也無法如願活動。

啊啊……我快要死了……

躺在冰冷的石地板上，我在心中死心般地喃喃說著。

不過，我體內的某個聲音卻將其否定。

──我不想死。

因為，我什麼都還沒有做過。

「……誰……來救救我。」

我絞盡最後的力氣擠出聲音後，終於有人回應了。

『──小姑娘啊。妳想要力量嗎？』

這就是我和拉卡先生的相遇。

波奇抓魚

「痛痛痛——————！」

在河岸準備野營之際，我們的身後傳來了波奇的慘叫。

我急忙回頭，只見波奇的尾巴被一條大魚咬住了。

「波奇！」

搶在思考之前，我便從儲倉取出小石子，朝著可惡的大魚擲去。

被小石子直接命中，大魚僅留下咬住波奇尾巴的頭部，其餘便爆炸四散化為河裡的碎藻消失無蹤。

「主人！尾巴！波奇的尾巴！」

我從波奇汩汩流血的尾巴上剝除了滿是利牙的大魚頭部並將其丟進河裡，再灑上魔法藥治癒傷口。

「……痛痛的飛走了喲。」

淚眼汪汪的波奇恢復了「喲」的口頭禪。

「真是的！我不是一直都說城鎮外面充滿了危險嗎？」

「對不起喲。」

莉薩拚命斥責，卻一邊用毛巾幫忙擦拭波奇的眼淚的口水。

不過，我很清楚，最先往波奇方向跑去的人就是莉薩。

這種刻薄的斥責，想必也是出於擔心波奇的緣故吧。

「——明白了嗎？波奇。」

「是喲。波奇再也不會掉以輕心了喲！」

對於結束訓話的莉薩，波奇用恢復光彩的眼神做出充滿自信的回答。

「回答得很好。那麼就證明給我看吧。」

莉薩帶著波奇踏入了河中。

「說穿了，抓魚這檔事——」

莉薩在指導波奇的同時一邊擺出半蹲姿

勢。

那上舉的尾巴似乎就像是平衡裝置一樣。

水面反射出耀眼光輝的瞬間，莉薩的手一閃動，水花便跟著四濺。

「——就是這麼簡單。」

「莉薩好厲害喲。」

見到被莉薩抓在手中的魚，波奇發出了稱讚。

「來，妳試試看吧。」

「是喲！」

莉薩身旁的波奇儘管快要整個人沒入水中，仍然展開了抓魚行動。

波奇發出「嘿！」「呀——！」「哈——！」的響亮吆喝聲鎖定魚兒，不過波奇的小手卻無法順利抓取，所以遲遲沒有成功。

對於這樣的波奇，莉薩只是觀望著而沒有出手的跡象。

「——波奇，鎖定尾巴！」

我終於看不下去，提出了這樣的建議。

自己實在很難像莉薩那樣嚴格呢。

「抓到了喲！」

經我建議之後，波奇總算在第三次挑戰時抓到了河裡的大魚。

笑容滿面的波奇，她的背後赫然有個擺動的黑影——

自後方鎖定波奇尾巴的大魚，在挨了波奇的一記迴旋踢後，被擊飛至河的中段處。

看來波奇早就察覺到大魚的接近了。

「同樣的攻擊對波奇行不通喲。」

波奇冒出某漫畫主角一般的台詞，得意洋洋地挺起平坦的胸膛。

「波奇！」

「——啊！」

莉薩的警告遲了一些。

原本被波奇抱在手臂下的魚掙扎一番後逃掉了。

「……是喲。」

波奇為了追魚而伸出的手撲空之後擊中水

面。

看樣子，波奇要學會不掉以輕心似乎還要很長的時間。

聽著波奇展開復仇戰的吆喝聲，我一邊悠哉地仰望天空。

廢墟的少女

「對了對了，姊姊，媽媽她不要緊嗎？」

「——當然了哦。」

遲疑了一會我才這麼回答妹妹。

自己是否對妹妹強顏歡笑了呢……

母親從昨天開始就陷入昏迷。

雖然很想找人幫忙，但無論拜託誰都沒有意義。

因為，根本就沒有任何神官大人會來到這種貧民區的廢墟裡。

「我去找吃的東西，妳就在這裡陪著媽媽。」

「啊，嗯。」

我留下妹妹獨自爬出了破屋深處。

冷風從單薄的破衣服上吹過。

自從天冷之後就沒洗過的頭髮，即使在風

吹拂之下也只像枯樹一般沙沙晃動。

「──「男爵的鷹犬滾回去──！」──」

道路的另一端傳來大人們和穆諾男爵軍隊的人們爭吵的聲音。

好像是因為什麼「土地重劃」的關係，我們必須離開這個貧民區才行。

要是被趕出這裡的話，我們就沒有任何棲身之處了。

「誰來救救我們……」

淚水連同示弱的這句話一併迸出。

明知道就算哭出來也沒有人會幫助自己。

不過，眼淚就是停不下來。

這些淚水卻被一塊乾淨的布擦掉了。

第一次感受到這麼溫和的柔軟觸感──我驚訝地抬起原本低垂的腦袋。

「遇到什麼困難了嗎？」

映入眼簾的是在這一帶從未見過，衣著相當體面的大哥哥。

「請救救我母親──」

母親明明就說過「有陌生人笑著靠近就趕快逃走」，但我卻在不知不覺中向大哥哥這麼請求了。

或許是因為大哥哥面帶柔和笑容的緣故吧。

「好啊，帶我到妳媽媽那裡吧。」

大哥哥刻不容緩地這麼說道。

我於是帶著大哥哥回到了廢墟的洞口裡。

「嗯，是營養失調和風土病嗎……這應該有辦法治療才對。」

瞥了母親一眼後，大哥哥這麼做出保證，在房間角落鋪上墊子開始研磨作業。

「你在做什麼呢？」

「我在製作藥品哦。稍等一下就好。」

他從背包裡接連取出色彩繽紛的草和漂亮的石頭，磨成粉之後加入水中。

「好漂亮。」

「嗯，很漂亮呢。」

為了不打擾大哥哥，我和妹妹一起待在房

間的角落觀望著。

藥品在透明的容器裡閃閃發亮。

「好，完成了。好像正在昏迷當中，所以就用『餵藥器』好了。」

大哥哥把藥放進前端細長的怪異形狀容器裡讓母親喝下。

「這樣一來就沒問題了——妳們瞧。」

經大哥哥催促後往那裡一看，只見母親正睜開眼睛。

「媽媽！」

「媽媽——」

我和妹妹一起撲向了母親的枕邊。

◆

「姊姊，是子爵大哥哥哦。」

妹妹的聲音讓我中斷房間的清掃，來到房間外面迎接。

頭髮在風的吹動下輕輕晃動。

由於每天洗頭的緣故，頭髮相當鬆軟。

絲毫不會輸給士爵大人賜給我們的乾淨床鋪和衣服。

「嗨，這裡的生活還習慣嗎？」

被妹妹她們纏住的士爵大人，朝這邊露出困擾般的笑容。

「是的！都是士爵大人的功勞！」

多虧了士爵大人，我和貧民區的人們都能住在城堡裡的空兵舍裡了。

「我只是向男爵大人和妮娜執政官提出請求罷了哦。」

士爵大人撫摸著我的腦袋，一邊難為情地這麼說道。

不過，倘若沒有士爵大人，母親如今應該還在為疾病所苦，貧民區的人們也會和軍隊起爭執而把事情鬧大。

「士爵大人！請您試吃一下竹葉魚板。」

「知道了。我這就過去。」

遠方傳來呼喚士爵大人的聲音。

「對了，大家這麼努力打掃兵舍，得獎勵一番才行呢。」

「耶～」

「是烤點心～」

「有甜甜的味道。」

孩子們收到士爵大人的烤點心之後歡天喜地。

當然，我也非常喜歡。

士爵大人被女僕大姊姊牽著手，就這樣走向了母親她們所工作的地方。

要是我也成為城堡裡的女僕，就能和士爵大人牽手漫步了嗎？

◆

後來仔細回想，我就是在這一天立志成為女僕的。

原本只有餘裕思考當天要如何活下去的我，之所以有能力定下未來的目標，我想都是多虧了那一天的佐藤大人。

即使如今成為了女僕，與佐藤大人牽手的夢想依然還未實現。

不過總有一天我一定要實現這個夢想——

穆諾城的女僕們

「喂，聽說了嗎？小姐帶回來的那位黑頭髮孩子好像要成為貴族了哦。」

不是黑頭髮孩子，是佐藤先生。

「哦～終於配得上小姐了吧？」

「應該吧。畢竟小姐差不多也該結婚了呢。」

聽著前輩女僕們喧囂地談論傳聞，不知為何我的心在下沉。

「要是真的娶到小姐，他帶來的那些女孩子怎麼辦？」

「他們好像總是睡在同一張床上，所以大概會留下來當作情婦吧？」

或許是早餐不乾淨，胃部從剛才感到一陣噁心。

果然是那個薯塊壞掉了嗎？

「那個傳聞好像是假的哦！」

「是嗎？」

「是的，我把房間的床單拿去清洗的時候並沒有那種味道。」

味道？

憑什麼味道就能斷定出是假的？

完全聽不懂。

唯獨有男朋友的前輩女僕們露出心領神會的表情，這讓我不禁焦急起來。

「如果帶來的那些孩子不是情婦，那又是什麼關係呢？」

「她們穿戴著單純以奴隸或護衛來說看起來很貴的衣服和裝飾品，而且每個孩子的皮膚和頭髮都很光亮呢。」

這句話讓我不禁點點頭。

那些孩子，尤其是亞里沙和蜜雅小姐的衣服非常鬆軟，實在是令人羨慕。

就算一次也好，真想穿著那種衣服像個公主一樣，在舞會上和理想的男生跳舞——

「怎麼了，艾莉娜？感冒了嗎？」

「不……不要緊哦！我這個人的優點就是很健康！」

按住發紅的臉頰，我甩開了正在幻想中的跳舞畫面。

為什麼幻想的對象會是佐藤先生呢！

這想必是因為大家剛才在談論佐藤先生的緣故吧。

一定是這樣，沒有錯的！

「有沒有人過來廚房幫忙一下？」

「只會幫薯塊削皮也沒關係的話，我可以去哦。」

要是繼續待在這裡，自己好像會朝著莫名其妙的方向橫衝直撞，於是我舉手自願前往廚房幫忙。

「嗨，艾莉娜和塔魯娜，妳們就是幫手嗎？」

「是的，我們該做什麼才好呢？」

呃，佐藤先生為什麼會在廚房裡？

「我想請妳們試吃一下。因為有失敗品，所以難吃的話就直接說出來吧。」

「是的，知道了。」

「知……知道了。」

佐藤先生笑著遞出的盤子，上面有焦褐色的圓形物體在散發著香味。

剛才明明還感到胃不舒服，但這次卻換成心臟怦咚劇烈跳動了。

為了掩飾，我將盤子上的物體——唐揚抓起來放入嘴裡。

咔啦一聲咬下略微堅硬的外皮後，從中溢出了熱騰騰的肉汁。

——真好吃！

我甚至忘記正在試吃的事情而狼吞虎嚥著，不知不覺中盤子裡的唐揚只剩一塊了。

「哪一種最合妳們胃口呢？」

「只顧著吃，都記不得了。」

這麼老實回答佐藤先生的問題後，我擔任試吃員僅僅一天就被開除了。

不過，能夠看到苦笑的佐藤先生，而且又成功被任命為失敗作的處理員，所以我並沒有什麼不滿。

「對了，艾莉娜。妳的目的究竟是唐揚？還是——」

面對塔魯娜的問題，我回以得意的笑容：

「那還用說嗎？」

——當然是兩者都有！

露露的烹飪修行

「首先來切切看加波瓜吧。」

今天我和主人一起來到穆諾城的蓋爾德主廚這裡學習烹飪。

「露露，小心別受傷了。」

「是……是的！」

又小又硬的加波瓜切起來實在很困難。

偷偷瞥了主人的手邊一眼，只見他正用出色的刀法切著加波瓜，實在不像使用了同樣的菜刀。

看在廚房的女僕小姐們眼裡似乎也相當出色——

「哇啊，妳看妳看，主廚！」

「居然那麼輕鬆就能切開加波瓜！」

「士爵大人，好厲害！」

——就這樣，擔任廚師的女孩子們望著主

人的手法發出了讚嘆聲。

我在自豪的同時，也深深感受到了自己的笨手笨腳。

「露露，我幫你磨菜刀，先借我一下吧。」

「是……是的。」

或許是看不下去我一直在苦戰，主人柔聲這麼說道。

「保養菜刀也是修行的一環——已經磨完了？」

「是的，只是稍微修整一下刀刃罷了。」

搶在蓋爾德主廚發完牢騷之前，主人便將研磨完畢的菜刀遞來。

大概是錯覺，總覺得菜刀的刀刃在閃閃發亮。

「好，露露。妳切切看吧？」

「是……是的！」

彷彿被主人的笑容所鼓勵，我對準加波瓜切下了菜刀。

——唰！

伴隨這樣的聲響，物體輕鬆切開了。

簡直就像是施了魔法一樣。

剛才辛勞彷彿根本就不存在，我順利地將加波瓜切成了多片。

真不愧是主人。

一定是幫我請求過烹飪的精靈，讓菜刀變得更好切！

「真不簡單啊。那麼，接下來就是準備材料的方式。」

說著，蓋爾德主廚一邊製作出用醬油和味醂再混合切碎的香草而成的醬汁。

據說將剛才切成多片的加波瓜浸泡在這種醬汁裡，擺放半天左右就能中和加波瓜特有的澀味了。

「聽好了？準備材料最重要的就是懷有一顆愛心。」

「是的！知道了！」

「是嗎？那麼就來實踐吧！能辦到的話，

妳就可以成為一流的廚師了。」

在蓋爾德主廚的鼓勵之下，我實行了亞里沙所教過我的動作。

「快快變美味～快快變美味～」

我在腰部的位置擺出愛心符號並唱出了咒語。

儘管害羞得要死，主人卻帶著心滿意足的笑容回答：「很可愛哦，露露。」

嘿嘿！為了下一次再讓主人說出「很美味哦，露露」，我一定要努力！

亞里沙的工作

「亞里沙小姐，麻煩妳驗算一下這些。」

堆積如山的文件另一端傳來妮娜執政官的聲音，我對此表示了解。

「是～了解～」

這裡是穆諾城的妮娜執政官辦公室。我將剛才正在處理的文件推到一邊，優先解決文官尤尤莉娜搬來的文件。

「呃～麻煩開始計算——」

我利用小時候取得珠算一級時所精通的空氣算盤來進行驗算。

在派遣公司擔任財務工作的時候雖然是用試算表軟體或計算機，不過來到這裡就只有謎樣的計算尺和心算，所以空氣算盤是我相當倚重的工具。

果然，沒有什麼經驗是派不上用場的呢。

「算完了哦～誤差兩成。可能有哪個壞孩子從中抽走了。」

「嘖，果然是這樣嗎。」

收下驗算完畢的文件，妮娜執政官露出不悅的表情。

儘管想要處罰，但負責財務的上級文官們卻在穆諾市防衛戰時帶全家逃了出去，如今似乎已經成為盜賊的犧牲品了。

「我想，引進複式簿記比較好吧？」

「——複式？」

奇怪？這個世界居然沒有嗎？

歷代勇者或轉生者應該沒有人擁有簿記證照，所以可能被當作非公開的特殊技能隱藏起來了。

應妮娜執政官的要求，我告知了複式簿記的概要和優點。

「嗯，亞里沙小姐的故鄉竟然有這麼出色的技術呢。」

「是啊～」

我隨口回應妮娜執政官的欽佩感想。

逗留在穆諾城裡，當我結束了將複式簿記傳授給會計事務文官的會議之際，恰好傳來了敲門聲。

「我端來茶和茶點了。」

從入口處探出臉來的是黑頭髮的超絕美少女。儘管是自己的姊姊，仍是讓我羨慕的美貌。

「呼～已經這麼晚了嗎？好，就休息一下吧。」

聽了妮娜執政官的話，我從大張辦公桌的椅子下來，朝著靠在房間邊緣的接待桌走去。

「很罕見的糕點呢。」

「是的，這是主人製作名叫『起司舒芙蕾』的點心。很適合配茶享用哦。」

聽著兩人的對話，我將身體沉入柔軟的沙發裡之後，總算能感受到自己究竟有多累了。

「亞里沙幫上忙了嗎？」

「嗯嗯，多虧有亞里沙小姐，工作減少了

一半真是得救了。真希望她就這樣就任執政官輔佐呢。」

妮娜執政官語氣正經地回答露露的問題。

唉呀，雖然料想過會被稱讚，但實在想不到能夠獲得這樣的評語。

「亞里沙小姐在實務上也很優秀，更重要的是想法十分創新呢。」

妮娜執政官用茶水潤潤嘴巴後，拿起一旁用來區分送件的箱子向露露展示。

「這個『投遞箱』也是亞里沙小姐的構想，多虧了這個使得文件的傳遞更有效率，文官在走廊上跑來跑去的次數也減少了許多哦。」

嘿嘿，被這麼誇獎實在很難為情。

為了掩飾害羞，我咕嚕嚕地喝著茶水，然後將盛有鮮奶油的鬆軟起司舒芙蕾放入口中。

「——好吃！」

充滿了主人愛心的蛋糕為我注入活力。

好，接下來的工作繼續加油吧！

卡麗娜小姐的憂鬱：武術篇

「真羨慕小玉和波奇妳們呢。」

「什麼事～？」

「波奇可以幫忙商量喲。」

在穆諾城的訓練場旁邊，看似憂鬱的卡麗娜小姐正在向小玉和波奇發著牢騷。

她剛才應該還和前鋒成員一起參加了領軍的訓練才對。

「說說看～？」

「煩惱不能累積喲。」

小玉和波奇面帶真摯的表情從下方仰望卡麗娜小姐的臉。

「佐圖爾說我沒有劍術的天分。」

卡麗娜小姐難過地嘀咕道。

既然是擔任領軍練兵工作的前騎士佐圖爾先生這麼說，或許真的沒有劍的天分吧。

「原來如此～」

「這個……波奇也無能為力喲。」

小玉和波奇當下就對卡麗娜小姐見死不救。

原以為她們相當無情，但循著兩人的目光望去，卻發現訓練場的角落堆起了一座碎木劍的小山。

「發生什麼事了嗎？」

「劈哩啪啦。」

「卡麗娜全部都折斷了喲。」

經我詢問後，兩人便往我腳邊抱來，告訴我訓練中發生的事情。

看樣子，力道控制錯誤的卡麗娜小姐好像把訓練用的劍全部弄斷了。

「我……我不是故意的！」

「我並不覺得您是故意的哦。」

看來卡麗娜小姐在各方面都很笨手笨腳。

「關掉拉卡的強化再來練習是不是比較好？」

『佐藤先生，這是不可能的。』

「不可能？」

『卡麗娜小姐是位深閨大小姐，沒有我的幫助就連木劍也無法揮動。』

原來如此，即使為等級七，由於原本是個沒有力氣的大小姐，所以也無可奈何。

「既然這樣，用刀刃鈍掉的實劍來練習呢？」

因為有拉卡的身體強化，卡麗娜小姐應該會很輕鬆才對。

『也一樣。看吧，就像那個樣子。』

拉卡的發言讓小玉和波奇指向另一個角落。

那裡擺放了好幾把扭曲的鐵劍。

卡麗娜小姐似乎笨拙到一個極點了。

「不用擔心哦，卡麗娜小姐。」

「嗚嗚，佐……佐藤。」

卡麗娜小姐罕見地呼喚我的名字，投來冀望般的目光。

「還是可以使用釘頭鎚或鐵撬之類堅固的武器哦。」

抑或是球棒也可行。

我從設於訓練場角落的武器放置場當中取出大型的釘頭鎚和重型鏈枷，然後拿到卡麗娜小姐的所在處。

「跟佐圖爾的說法一樣呢……嗚嗚，佐藤是個大笨蛋——」

彷彿任性的孩子般大叫後，卡麗娜小姐便憑藉拉卡的力量往訓練所的方向跑掉了。

小玉和波奇兩人也喊著「卡麗娜～？」「等一下喲。」一邊追了上去。

看樣子，我好像刺激到了卡麗娜小姐的敏感之處。

我撿起了三把被卡麗娜小姐弄壞的訓練用劍。

「穆諾城內的工房既然可以使用，就試著把壞掉的劍作為材料，打造出讓卡麗娜小姐如何粗魯對待也不會損壞劍好了。」

這麼喃喃自語後，我朝著城內的鍛冶場走去。

卡麗娜小姐的憂鬱：社交篇

「真羨慕小玉和波奇妳們呢。」

「什麼事～？」

「波奇可以幫忙商量喲。」

看似憂鬱的卡麗娜小姐正在向小玉和波奇發著牢騷。

好像是在古魯里安城的社交活動讓她非常難受的樣子。

根據從負責侍餐的女僕那裡聽來的消息，毫無經驗且貌美的卡麗娜小姐似乎成了貴族婦人們調戲的一件好玩具。

「原來如此～？」

「聽不太懂，不過知道了喲。」

聽了卡麗娜小姐的說明，小玉和波奇抱起雙手「嗯嗯」地點著頭。

「主人～？」

「希望主人幫卡麗娜烤美味的肉串喲！」

怎麼會得出這種結論？

「飽餐，幸福～？」

「是喲，肚子吃飽飽的的就會很幸福喲。」

這種想法很有她們的風格。

「說得也是～肚子餓了就會愈來愈沮喪呢。」

或許是想到了什麼，就連亞里沙也被勾起了興趣。

美味的食物固然很好，但在古魯里安城內總不可能製作烤肉串吧。

「這種事情很簡單哦！」

在自信滿滿的亞里沙帶領之下，我們來到了傭人們位於城內後院的區域。

亞里沙踩著小碎步前往大鬍子傭人身邊進行某種交涉。

「獲得許可了哦。不管是肉或蔬菜都能盡情烤來吃！」

真是了不起的交涉力。

我從萬納背包裡取出墊子鋪在地面，然後在上面開始切割噴射狼和赤鹿的肉。

「好像很好吃～」

「波奇想要褐色狼的肉串喲。」

「主人，我來幫忙。」

「謝謝，莉薩妳也要雞肉嗎？」

「是的！」

在野外廚房加炭的莉薩露出燦爛的笑容點頭。

我將鹽巴揉進帶骨的雞肉裡再浸入醬汁。

雖然分量多了點，不過最後想必還要請那些傭人們一塊享用，所以像這樣子應該不要緊。

「很香的味道～」

「很喜歡脂肪滋滋燒烤的聲音喲。」

不斷嗅著肉味的兩人看起來一臉幸福。

儘管傳來了餓腸轆轆的可愛聲響，但我很識相地就不去尋找元凶了。

「來，先從卡麗娜小姐開始吧。」

「就這樣咬下去嗎？」

在旅行前往巨人之村的時候，卡麗娜小姐用餐好像是搭配刀叉的吧。

「Of course～？」

「大口咬下去就會噴出肉汁，嘴巴裡會變得很幸福喲！」

「是啊～用力咬下去吧。」

在小玉、波奇和亞里沙的建議下，卡麗娜下定決心後豪爽地咬下。

面對流入口中的熱騰騰肉汁，她慌張地翻動著眼珠子。

雖然已經弄髒嘴巴周圍，卡麗娜小姐仍專注地將肉從竹籤上面咬下。

其表情顯得相當認真。

「……真美味。」

「美味美味～？」

「美味就是正義喲！」

卡麗娜小姐伴隨幸福的嘆息所冒出的喃喃

自語，獲得了小玉和波奇的同意。

身為貴族，卡麗娜小姐或許無法逃離社交場合，但唯獨現在這種時刻，我希望她能夠忘掉那些事情盡情享受呢。

為了跟小玉和波奇一同露出微笑的卡麗娜小姐，我繼續將下一批的肉串放在了烤網上。

卡麗娜小姐的憂鬱：晚會篇

「真羨慕小玉和波奇妳們呢。」

「什麼事～？」

「波奇可以幫忙商量喲。」

看似憂鬱的卡麗娜小姐正在向小玉和波奇發著牢騷。

接下來要靠港的祖魯特市，太守似乎寄來了一封邀請參加晚會的信。

我身為最下級貴族的名譽士爵所以並未被邀請，但領主女兒身分的卡麗娜小姐和子爵家一員的多爾瑪好像就必須出席晚會才行。

「有什麼不會～？」

「說說看喲。」

小玉和波奇拍拍卡麗娜小姐的肩膀關心道。

對於兩人來說，卡麗娜小姐或許是類似妹

妹的立場吧。

「……舞蹈。」

「轉來轉去跳舞的～？」

「波奇擅長『triple access』喲。」

波奇想說的大概是三圈半艾克索跳吧。

以波奇的體能來說無疑是相當輕鬆。

「舞蹈的話就交給亞里沙吧！從社交舞到草裙舞都隨心所欲！甚至還可以當瑜珈教練哦！」

在三人後方聞言的亞里沙一副「包在我身上」的模樣拍了拍自己平坦的胸膛。

等到亞里沙萬一開始傳授社交舞之外的東西再來阻止好了。

「一、二、三！要注意節奏！」

「這樣……嗎？」

「不對！身體打直，不要抗拒對方的帶領。」

卡麗娜小姐的舞伴則是由露露擔任。

不愧是擁有社交舞技能，儘管擔任男舞伴，露露卻跳得相當好。

「暫停──！稍微冷靜一下吧。」

「跳舞對我來說果然是辦不到的。」

卡麗娜小姐整個人坐在船甲板上，畏縮地用手畫著圈圈。

「沒有這回事哦。練習一定會有回報的。妳只是很難體會，但確實在逐漸進步哦。」

我用安慰的話鼓勵卡麗娜小姐。

以她的狀況來說，首先應該從擺脫失敗主義開始做起才對。

「莉薩，妳配合我的動作隨意活動吧。」

「主人，我從來沒有學過跳舞……」

「不用擔心哦。」

牽著莉薩的手，我踩出了舞步。

多虧社交舞技能和舞蹈技能，甚至是教育技能都是最大等級的緣故，莉薩的舞步轉眼間就變得有模有樣了。

「來，接下來換卡麗娜小姐了哦。」

對於曲終後仍彷彿置身夢境一般的莉薩，

我放開她的手改為邀請卡麗娜小姐。

卡麗娜小姐看似不安地伸出的纖手觸碰到了我的手。

下一刻，卡麗娜小姐彷彿「啵」一聲般猛然漲紅了臉。

「我……我辦不到——！」

經不住害羞，卡麗娜小姐最終跑向了甲板的另一端。

看樣子，她似乎得優先提高對於男性的抗性才行了。

卡麗娜小姐的憂鬱：成長篇

「真羨慕小玉和波奇妳們呢。」

「什麼事～？」

「波奇可以幫忙商量喲。」

看似憂鬱的卡麗娜小姐正在向小玉和波奇發著牢騷。

平時食慾旺盛的她，今天擺動叉子的動作卻顯得無精打采。

看樣子，她好像很羨慕吃得相當開心的小玉和波奇。

「最近總覺得胸口悶悶的呢。」

卡麗娜小姐將手貼在胸前倦怠地喃喃道。

她的魔乳奇蹟似地變形，開始向周圍發揮了迷魂效果。

周遭的男性士兵們紛紛投來目光。

不過，三名當事人似乎並未發現周圍的這

些狀況。

「反胃～？」

「吃不下的話，波奇可以幫忙吃肉喲。」

「這……這個不要緊哦。」

卡麗娜小姐急忙在波奇的視野中把肉藏起來。

或許是穆諾領窘迫的糧食問題所致，儘管身為貴族千金，無論是什麼樣的料理她都能毫無怨言地吃完。

更不用說，她根本就不可能剩下自己最喜愛的肉類。

「那麼，就要吃飽飽的喲。這樣一來，馬上就會變得很有精神喲！」

面對波奇的鼓勵，卡麗娜小姐露出了盈盈的笑容。

「這種笑容一點也不像是卡麗娜小姐呢。莫非是患了相思病嗎？」

在三人旁邊用餐的女僕艾莉娜這麼詢問卡麗娜小姐。

大概是一起接受軍事訓練的緣故，艾莉娜的語氣顯得很隨意。

「相……相思？」

看似很不擅長戀愛的卡麗娜小姐頓時紅著臉支吾其詞。

「唉呀？難道真的是戀愛了嗎？」

對卡麗娜小姐的反應感到很愉快的艾莉娜進一步吐槽道。

「莫非是佐圖爾大人嗎？」

「呀——！若是身為前騎士的佐圖爾大人就配得上小姐了呢！」

「唔，那個禁慾主義的帥哥也淪陷於卡麗娜小姐的美貌了嗎——」

就連戀愛探測器過度靈敏的女僕們也熱烈地談論起戀愛八卦。

看樣子，她們心目中的第一人選就是佐圖爾騎士了。

——我和不經意抬起臉來的卡麗娜小姐對上了目光。

那口中塞滿了肉，甚至臉頰都鼓起的模樣實在很不雅觀哦。

稍後再來批評一下好了。

「唉呀——莫非士爵大人才是對象嗎？」

艾莉娜的同事女僕頂著不懷好意的笑容這麼逼問卡麗娜小姐。

「才……才不是佐藤——」

眼珠子急得亂轉的卡麗娜小姐直接跑出了餐廳。

「卡麗娜～？」

「等等喲！吃完東西馬上跑步就會肚子痛喲！」

小玉和波奇則是匆匆前往追趕卡麗娜小姐。

◆

「佐藤……」

聽到這樣的低語後，我朝著矮樹叢對面的狹窄草地區域走去。

在那裡赫然見到了跟小玉和波奇一起曬著太陽打盹的卡麗娜小姐。

看樣子，剛才那好像是卡麗娜小姐的夢話。

這時，一隻蝴蝶停在了卡麗娜小姐的鼻子上。

「——哈啾。」

伴隨可愛的噴嚏聲，卡麗娜小姐醒過來並和我對上目光。

猛然起身的卡麗娜小姐，那體現了慣性法則的魔乳在其胸前躍動。

——劈。

微弱的聲音傳入耳中。

——劈劈劈。

那毀滅的聲響來自於她的胸前。

——劈啪。

最終發出較大的聲響後，卡麗娜小姐禮服的胸前鈕釦竟然彈飛了。

我神速地抓住飛往我臉上的鈕釦，以確保視野的清晰。

白色的奇蹟在眼前舞動著。

——啊啊，自由真好。

我陶醉於藝術鑑賞裡好一段時間。

當我回過神來，已經是茫然的卡麗娜小姐頂著僵硬表情，眼眶浮現淚水的時候了。

——哦，不好。

我將手放在身後取出儲倉裡的大毛巾，幫忙遮蓋住卡麗娜小姐的胸部。

「抱歉，我什麼都沒看到，請放心吧。」

明明不可能有這回事，但善意的謊言卻是必要的。

「我這就叫碧娜小姐過來。」

這麼告知後，我便留下眼看就要昏倒的卡麗娜小姐獨自來到矮樹叢外。

儘管身後傳來卡麗娜小姐疑似倒下的沙沙草聲，不過有小玉和波奇陪著她應該不要緊才對。

看樣子，她之所以覺得胸悶，似乎是因為飲食獲得改善後使得上圍尺寸升級的緣故。

在那之後，卡麗娜小姐每當和我對上目光就會滿臉通紅，始終無法好好交談。

直到巫女賽拉自歐尤果克公爵領來訪之後，我才能夠再度和卡麗娜小姐對話。

另外，雖然我從那天開始提高了乳製品和肉類的比例，但卻未能獲得幸運色狼神的眷顧。

大概是不夠虔誠的關係吧。

澄清湯開發祕辛

「好想喝澄清湯。」

見到穆諾城的閒置工房內擺放的琥珀色油脂後，我心中不禁這麼聯想道。

「怎麼了？突然說這種話。」

明明是空無一人的場所，卻冒出了亞里沙對我的喃喃自語做出反應。

「奇怪？真是稀奇呢，亞里沙。妳不是在幫忙妮娜女士嗎？」

「是啊——就因為亞里沙能力很強，所以知道休息時間是很重要的哦。」

亞里沙「啪啪」地拍打椅子讓我坐下，然後自己坐在了我的大腿上。

——她想做什麼？

謎樣的行動讓我不禁皺眉之際，亞里沙猛然轉動腦袋朝我向上望來：

「正在補充主人元素。為使補給穩定，請將雙手放在前方像安全帶一樣固定。」

亞里沙頂著老電腦一般的口吻這麼向我催促。

看她好像賣力地協助妮娜女士到三更半夜，所以既然沒有做出性騷擾動作的話，我就欣然實現她的請求好了。

我將手放在亞里沙的腹部交叉著。

「正在補給主人元素。請維持現在的姿勢。主人元素補給中。」

亞里沙開心地重複這句話。

雖然不太懂，不過看她好像很心滿意足就算了。

我讓亞里沙坐在大腿上約一個小時左右，同時傾聽著蜜雅自遠方傳來的樂聲。

或許是感到了滿足，亞里沙終於跳下我的大腿。

「好——！這樣一來又可以努力處理事務工作了。」

「那真是太好了。不過，可別太拼了哦。」

「當然了！我才不會傻到讓自己累倒哦！因為，健康管理也是工作之一嘛！」

隱約可窺見亞里沙前世的這句話讓我眼眶發熱。

「對了！剛才你說澄清湯怎麼樣了？」

「看到那邊的油脂，我就很想喝澄清湯哦。」

亞里沙查看放有油脂的白色罐子。

「原來如此，這種顏色會讓人產生想要喝下的衝動呢。」

「對吧？」

果然，日本人似乎都會有這種想法。

待在亞里沙離開後的工房內，我獨自一人沉浸於思考中。

在日本的時候，我經常會喝澄清湯。

不過，那只是用熱水沖泡澄清湯粉末之物。

至於究竟該怎麼製作，又以什麼作為材料，我完全沒有概念。

儘管試著詢問過返回工作崗位之前的亞里沙，但亞里沙的知識感覺也跟我差不多。

原本以為亞里沙或許會記得美食漫畫或動畫中製作澄清湯的場景，但遺憾的是她表示都記不得了。

沒有的東西再怎麼強求也無濟於事。

在這種時候，所謂的專家就是要從現有的素材來想辦法才行。

由於我是個以作弊為主體的假廚師，所以便決定求助於正職的廚師。

◆

「『澄清』湯嗎？」

「是的，就是琥珀色的透明湯品。」

我前來向穆諾城的主廚蓋爾德女士這麼嘗試詢問。

畢竟有句話叫學有專精呢。

「是怎麼樣的味道？」

——就澄清湯的味道。

我差點就下意識這麼回答。

居然會這樣……完全沒有詞彙可以形容。

「類似蔬菜湯裡沒蔬菜的感覺——」

不，不對，我所知道的蔬菜湯畢竟是用澄清湯粉末來調味的。

來到這個世界後吃過的東西當中，味道最接近的就是在聖留市的門前旅館裡所吃到的那種有勾芡的蔬菜湯。

勾芡是多餘的，但基本味道感覺上一模一樣。

「蓋爾德女士，可以請您教我煮湯的基本技巧嗎？」

「當然沒有關係哦。我本來正準備傳授給露露，所以你來得正好。」

我跟著蓋爾德主廚走向了廚房。

「主人！」

在廚房裡轉過身來的露露圍了一條白色的素面圍裙。

黑頭髮的露露一旦裝備了白色圍裙，新婚力就大幅提升呢。

逗留在穆諾男爵領的期間，一定要量身定做露露專用的女僕裝才行。

「你們兩人，過來這裡吧。」

在蓋爾德主廚的呼喚下，我們來到大鍋的前方。

「材料是帶骨的筋肉和鹽巴，還有少量的根菜。」

想不到還挺單純的。

「不用放胡椒嗎？」

「啊？怎麼可能會放那麼昂貴的東西呢。」

好像不會使用的樣子。

這麼簡易的材料沒有問題嗎？

「首先在鍋子裡放入大量的水和帶骨筋肉進行熬煮。」

總覺得已經準備好的骨頭上面幾乎沒什麼肉，但大概是錯覺吧。

按捺著些許的疑問，我依照蓋爾德主廚的吩咐施做。

沸騰的熱水開始「咕噗」地冒出雜質。

不過，蓋爾德主廚卻僅指示調整火力，並未提及雜質的事情。

「不用把雜質撈起來嗎？」

「這麼做的話湯會變少，就沒有鮮味了哦。」

我經不住好奇試著詢問後，得到了這樣的回答。

實在是很大的文化衝擊。

看來換個地方，常識也會跟著改變的樣子。

「就差一點點了呢。可以不用再加柴火了哦。」

「是的，蓋爾德女士。」

就在我飽受衝擊的期間，露露仍按照指示在煮湯。

對方表示等肉完全自骨頭分離後就完成第一階段了。

在那之後的流程，就和莉薩教過我的燉湯製作法沒有什麼兩樣。頂多是少了一些配料和鹽巴導致味道太淡而已。

「這樣大致就完成了。有參考的價值嗎？」

「是的，謝謝您。」

我向蓋爾德主廚道謝後離開了廚房。

僅僅了解對方的製作法和莉薩教我的調理法沒有任何不同，這樣就很夠了。

剛才製作的蔬菜湯是半透明的混濁土黃色。

就先從熬湯的素材開始比較起好了。

◆

我最初實施的步驟是製作火爐魔法道具。

儘管已經有好幾個，但數量多一點的話較容易進行比較實驗。

畢竟製作起來也很簡單呢。

「主人，鍋子收集完畢了——這麼報告道。」

「謝謝妳，娜娜。先放在那邊吧。」

繼受我委託的娜娜在市內採購完各種鍋子和杓子之後，出門籌措素材的獸娘們也回來了。

「豬肉～？」

「是兔肉喲。」

「主人，雞肉、鹿肉，還有狼肉和熊肉都收集齊全了。」

在房間的角落處，她們開始對萬納背包裡陸續取出的肉類進行解體。

本次內臟也要用於熬湯實驗，所以我改以庫存充裕的許德拉肉排讓獸娘們解饞。

聞到香氣的女僕少女們和女性士兵們都聚集而來，但我以工作偷懶的人沒有東西吃為由拒絕了她們，同時囑咐大家工作完畢後再過來一趟。

那麼，既然已經大量確保了負責試吃的自願者，這就開始進入調理實驗吧。

像這種實驗，一般應該從差異甚大的類型開始嘗試再逐步縮小範圍。

我於是分成獸肉、雞肉和蔬菜三類展開了實驗。

獸肉的確很不一樣。

該怎麼說？感覺就像涮涮鍋的鍋子裡所剩下的湯汁。

雞肉倒是有些接近，但差得遠。

儘管比獸肉好，不過滋味太淡，跟我所要求的標準相差太多了。

至於蔬菜則是最美味的，但跟我所要的味道不同。

我毫不氣餒地繼續搭配材料，變更使用的部位以嘗試錯誤。

最後——

「噗哈——！真好吃！」

「工作結束後的空腹，這是最棒的獎勵！」

「嗚，太美味了！只有讓士爵大人負起責任把我收為情婦了。」

「等……等一下！不可以啊，士爵大人已經被我預定了！」

「嘿嘿～士爵大人喜歡平胸，所以像妳這樣肥嘟嘟的不行哦。」

「我這是魔鬼身材！不要說得人家好像胖子一樣！」

工作結束後的小姑娘們似乎相當滿意的樣子。

儘管評論的方向好像中途偏掉了，不過就華麗地忽略好了。

至於主張魔鬼身材的小姑娘，真希望她先看看卡麗娜小姐之後再發言。才B罩杯就在強調這一點，我想實在有些勉強。

只不過，大家覺得滿意固然很好，其中卻存在著問題——

「士爵大人的『燉湯』真美味呢。」

「放這麼多肉和蔬菜實在好奢侈～」

「簡直不想再去回憶士爵大人過來之前的鹹湯時代了。」

「別——說——了——我不要回去喝鹹湯——」

——到頭來，澄清湯並未完成，而是將剩下的配料統統塞進鍋裡煮成了燉湯。

◆

「你在看什麼？」

我躺在國王尺寸的床鋪上一邊瀏覽白天的實驗結果之際，換上睡衣的亞里沙忽然鑽進了我身旁。

小玉和波奇都已經在另一側全身縮成一團了。

「是澄清湯的失敗紀錄哦。」

「哦——話說一整天到底煮了幾遍啊？」

「一、二、三……太多了呢。」

我中途放棄計算，模仿著布希曼人那樣回答。

「某種程度上能製作出接近的味道，不過一旦著重在味道上總是會變成燉湯風格哦。」

「該不是因為沒有過濾吧？」

——過濾？

啊啊，是過濾嗎？

原來如此，腦中完全沒有這樣的步驟。

「謝謝妳，亞里沙。明天我就這麼試試看。」

亞里沙的建議讓我獲得了新方針，於是當天就伴隨著滿足感好好睡了一覺。

——直到亞里沙的性騷擾使得察覺危機技能發動而醒來為止。

隔天早上，我在市內散步，尋找可以用來過濾湯汁的物品。

「想不到居然沒有呢……」

五金店裡的商品本來就很少。

儘管有調理用的鍋釜和菜刀，但篩網或金屬材質的湯杓就完全沒有販賣了。頂多就只有用來烤肉的粗格金屬網。至於沒有需求的商品似乎是接單生產的樣子。

我嘗試詢問老闆有無可以用來過濾的東西，遺憾的是對方表示並未展售。

「小少爺，不要求金屬材質的話，去雜貨店比較好哦！如果一定要金屬材質的，我可以找熟識的鍛冶師幫忙。」

既然五金店的老闆這麼提案，我於是決定前往雜貨店。

雜貨店就位於平民區和工匠區的交界處。

「篩網的話倒是有……」

裡面擺放著木頭材質的篩網和乾草編織的篩網。似乎沒有我所熟悉的竹製物。

相較於調理用途，真要說的話這些更像是務農用的。

「需要什麼嗎？商人小兄弟。」

「有沒有可以用來過濾液體的細格篩網呢？」

就在左思右想之際，老闆上前來攀談，我於是試著詢問有無要找的商品。

「過濾液體的篩網？如果要過濾油脂，我想這種的比較好……」

老闆一臉困惑地拿起其中一個篩網向我展示。

看樣子，我好像問錯問題了。

「不過，既然是過濾液體，用粗布是不是比較好？」

原來如此，自己太無知了。真是上了一課。

我向老闆道謝，並且購買了好幾種對方推薦的布料。

「士爵大人！這麼巧在這裡遇到您。」

在穆諾市內為數不多的商店前方，我被一名銷售食材和調味料的商人叫住了。

「午安，有進了什麼好東西嗎？」

「是的！當然有！我們的人可是從歐尤果克公爵領引進了長毛牛！」

「哦，長毛牛嗎？請務必要賣給我。」

在巨人之村分到的長毛牛肉儘管還有剩，但庫存不多，所以我不想放棄這個補充的好機會。

畢竟牛肉也相當美味呢。

「就是這四頭牛……」

一頭公牛和三頭母牛嗎……以市場行情來說比劣馬要貴但還比不上騎乘馬，而且公牛也比較便宜。

商人所出示的金額也和市場行情技能顯示的價格相當。

「這個價格可以。我就全部買下吧。」

煮來吃也未免太多，所以剩下的就讓牠們在穆諾城內繁殖吧。

其中一頭母牛似乎已經會分泌乳汁，我於是決定將其優先留下。

「主人，解體完畢了。」

「謝謝妳，莉薩。真是幫了大忙。」

將圍裙染成了驚悚顏色的莉薩前來向我這麼報告。

我對宰殺家畜還是很抗拒，所以有對方的協助實在幫了大忙。

「內臟～？」

「桶子裡裝滿滿的喲。」

小玉和波奇把景象令人感到噁心的桶子搬了過來。

「啊啊，忘記說了。今天不使用內臟，所以妳們就拿到蓋爾德主廚那裡，請她加入今天的晚餐吧。」

「系～」

「收到喲。」

兩人提著桶子走向了廚房。

我比較了莉薩所準備好的肉，區分成有肥肉和無肥肉兩種後開始燉煮。

乘這個機會，我還試著將沙朗部位較好的肉放在平底鍋上煎煮。

嗯～很香的味道。

莉薩的尾巴不斷跳動著。

遲了一些後，小玉和波奇則是揚起塵土從城堡的方向跑了回來。

「肉！」

「有肉的香味喲！」

兩人的鼻子都很靈。

「就快煎好了呢。」

波奇的尾巴彷彿快要甩斷似地晃動，小玉的喉嚨則是發出咕嚕嚕的聲音。

我將烤好的肉排拿給三人享用，以慰勞大家的辛苦。

肉排使用了蓋爾德主廚教我的道地醬汁，所以和以往只有胡椒鹽的調味有著明顯的區隔。

「美味～」

「牛肉很厲害喲！」

「會在口中融化呢。實在很美味。」

獸娘們也很滿意的樣子。

欣賞著看起來相當幸福的三人，我一邊繼續熬湯。

用布來過濾似乎是正確的手法，只見湯汁逐漸呈現了透明感。

不過，濁度並未消失，雜味也感覺很強烈。

這時候或許就應該換個思考方式了。

我故意朝著截然相反的方向嘗試熬湯。

其結果——

「嗚嗚！這……這種……」

「嗚，太好喝了……」

「啊啊，我今天晚上死也甘願了。」

不知為何，擔任試吃自願者的女僕少女們都流著眼淚將湯匙送往口中。

要哭還是要吃東西，真希望她們能擇一進行呢。

「主人，這是怎麼回事？」

「唔，我讓大家品嚐試作品，結果就變成這樣了。」

我將裝在深盤裡的試作品遞到亞里沙的面前。

「嗚哈——這道豈不是美味的『燉牛肉』嗎！」

亞里沙笑容滿面地將湯匙送入嘴裡。

看似燉牛肉的顏色和賦予濃稠感的麵糊部分，就和肉排醬汁一樣都是按照蓋爾德主廚傳授的方法製作出來的。實在沒想到，居然還可以用奶油、小麥粉和少量的湯來製作呢。

「呼，真好吃——等等，奇怪？你不是在製作澄清湯嗎？」

亞里沙，我們約定好不說出來的哦！

往完全相反的方向努力，果然還是不行的樣子。

另外補充一下，燉牛肉後來獲得了男爵一家和妮娜女士們的讚不絕口。

◆

「來使用魔法吧～」

「總覺得是邪門歪道呢～」

亞里沙左右不斷甩著腦袋。

「我打算將過濾的部分用魔法完成。就是僅將鮮味的成分全數融入湯汁中。」

「又在想那些不可能的事情了。」

「沒問題～」

「是喲！主人一定會做出最強的玉米濃湯喲！」

「不是玉米濃湯，是澄清湯喲。」

聽著亞里沙訂正波奇的錯誤，我一邊研究水魔法當中是否存在可以作為新魔法基礎的東西。

從分離、融合、浸透等直接性的魔法，到不翻炒食材而是使其攪拌的液體操作等間接性魔法，我廣泛地將其挑選出來，並抽出所需的咒語代碼。

隔天早上，總算做出了幾種可以稱為調理魔法的東西，但這還不算完成。

接下來要確認實際的效果和消耗魔力量，以逐步精簡機能和咒語代碼。

話雖如此，由於我不會詠唱，所以實驗時需要身為水魔法使的蜜雅來幫忙。

「蜜雅，不好意思，直到完成的階段就麻煩妳了。」

「嗯，交給我。」

蜜雅「啪」地拍了一下單薄的胸膛這麼保證後，我便和她一起從早到晚持續進行魔法的調整和調理作業。

當然，蜜雅的魔力是有限的，所以主要靠著中途休息或魔力回復藥來繼續作業。

在這個實驗的過程中，魔力回復藥除了蜂蜜口味之外還增加了其他口味。

另外，製作蜜雅老師的點心時專用的生奶油攪拌魔法，以及將其改良後的美乃滋製作魔法也都一併完成，但這些成果大概還要一段時間後才會問世吧。

◆

「很香的味道呢。完全就是澄清湯的香味。」

亞里沙在鍋子旁抽動鼻子嗅著湯汁的香氣後瞇細雙眼。

得到蜜雅的協助，我在三天後終於完成了「澄清湯的魔法」。

當然，這種魔法僅僅是集合了非動用魔法不可的三項工序，所以並非只要施展魔法就能完成澄清湯。

我打開鍋蓋，在大家的盤子裡倒入澄清湯。

「奇怪？白開水？」

「所謂的澄清湯，原來是透明的湯品呢。」

知道原本的澄清湯為何的亞里沙傾頭不解，不知情的露露則是好奇地望著熱湯。

或許是使用了魔法來調理的影響，不知為何居然沒有原本的琥珀色，而是變成了無色透明。

雖然也考慮過事後著色，但風味會降低所以就先維持這樣了。

「大家乘熱喝喝看吧。」

「系！開動了～」

「開動了喲。」

我這麼催促後，乖巧的小玉和波奇變將湯送入口中。

兩人的肩膀猛然顫動，小玉的尾巴彷彿要爆開一般毛髮豎立。

「非常非常非常非常美味——！」

「非常非常非常非常，非常美味喲！」

瞪大眼睛的兩人，不斷擺動著手臂和尾巴以表現出美味。

「主人，料理……原來還可以這麼美味

呢。」

「主人，棒極了——」這麼稱讚道。

「沒有肉卻感覺得到肉的鮮味。這一定是獻給眾神之宴的夢幻料理吧？」

露露、娜娜和莉薩也誇張地稱讚著。

另外，關於亞里沙——

「才一盤根本喝不出來哦！再來一份！要特大號的！」

她在默默地喝完成清湯之後，提出了再來一份的要求。

「好啊，就盡量喝吧。」

我在亞里沙的盤子再次注入後，大家都紛紛地要求再來一份。

就連平常很穩重的露露和客氣的莉薩，速度上也絲毫不遜於小玉和波奇。

「小心不要燙到了哦。」

我對大家這麼喊話，同時專注在供餐的任務上。

「佐藤。」

蜜雅看似有些難為情地遞出新的盤子，我於是將其裝滿了湯。

畢竟這種湯之所以能夠完成，都是蜜雅的功勞呢。

就這樣子完成的澄清湯，不光是同伴們，若要一併擄獲以美食家聞名的公都上級貴族還是很久之後的事情。

總而言之，先跟同伴們一起享用絕品澄清湯吧。

真是期待明天跟露露一塊烤製適合搭配這種湯的麵包。

望著從穆諾城奔跑而來的缺食女僕少女們，我的思緒飛到了這件事情上。

平民區酒館的傳聞

「——英雄廚師？」

「就是據說在那個被詛咒的領地當上貴族的年輕人。」

夜遊時造訪的酒館裡，令人有些熟悉的字眼傳入了我的耳中。

與其說熟悉，應該說他們所談論的對象十之八九就是我了。

聲音的來源是一群年輕人，身穿在平民區裡被歸類為高級酒館的店舖當中也格外顯眼的貴族式服裝。

我今天並非平常的貴族服裝，而是換成了新手商人模樣的廉價長袍。

由於打聽到這裡有適合搭配魚類料理的絕品辣口白葡萄酒，所以選擇作為了深夜作業的歇息處。

「聽說是到處炫耀自己比較會做菜，就獲得了那些上級貴族的青睞哦。」

——我不記得有到處炫耀哦！

我承認將料理作為外交的武器，不過我的烹飪手藝是靠著提升至最大的調理技能所賜，所以炫耀手藝的說法就有點出入了。

「據說在城堡的舞會中也用甜食哄騙了眾千金和夫人們，再忝不知恥地造訪每個人家中。」

哄騙這種形容方式，實在有點……

起碼我完全沒有什麼性方面的不良企圖。

「不僅如此，肯恩勳爵說過，其魔爪甚至還伸向了特尼奧神殿的賽拉大人。」

——凱恩勳爵是誰？

我試著進行地圖搜尋，得知對方是波比諾伯爵家出身的神殿騎士。

儘管沒有確切證據，但我想他大概是以賽拉的護衛身分前來穆諾男爵領的神殿騎士之一吧。

「真是的，像這種靠著料理飛黃騰達的人——」

「不，等等。」

「既然如此，我們豈不是也能用料理來出人頭地嗎？」

不不，用來建立人際關係或許不錯，但想出人頭地還是必須累積實務的經驗才行吧。

「那邊的貴族少爺。想模仿潘德拉剛勳爵的話最好死心吧。」

「胡說什麼！你這個小子！」

一位從我這個角度僅能看見背影的男性向貴族們提出異議，使得現場的氣氛變得一觸即發。

一旦喝了酒，人往往就容易動怒呢。

「住手吧，難得的休息時間可別過來潑冷水。」

和發表意見的男性一塊喝酒的老紳士用高高在上的口吻制止了貴族。

「子……子爵大人。」

看來有上級貴族偷偷前來光顧了。名字想不起來，不過面孔倒是很眼熟。

我曾經在公爵城堡的廚房裡見過一開始訓斥貴族們的男性。告訴我這家店的人也是對方，所以在這裡遇見也不足為奇。

雖然是謎樣的組合，但我並不特別感興趣所以還是忽略好了。

「潘德拉剛勳爵的料理宛如奇蹟——」

子爵用陶醉的表情娓娓道來。

「那種美味，就連長年吃慣了美食的我也忍不住多吃一口。像是被稱為祕傳的澄清湯，根本就是出現在神之餐桌上也不會令人訝異的出色之物。」

「竟……竟然這麼出色……」

面對子爵大人誇大的稱讚，貴族們都瞠目結舌。

「能讓貴族大人如此誇獎的料理，究竟有多麼厲害？」

「要是準備和料理同重量的黃金，應該不

至於吃不到吧？」

他們的反應，似乎讓周遭的人們也開始產生了莫名的好奇心。

這一幕隱約可以看出未來將會湧入大量的調理委託，但最終是多慮了。

在身分制度森嚴的希嘉王國裡，平民委託貴族進行調理似乎相當於無禮的舉動，所以頂多只有和我有往來的商人們「委婉地」提出要求罷了。

想不到貴族的身分居然還能幫我擋下麻煩事。

我請同伴們享用酒館裡所吃到的「公都口味奶油香煎群青鱒」，一邊朝著位於遙遠天空彼端之下的穆諾男爵和妮娜女士送上感謝之意。

傳聞中的鍊金術師

「士爵大人，我這麼拜託您了。」

當我在公都時常光顧的商會裡訂購調味料和食材之際，商會會長帶來的一名中年商人突然向我低下了腦袋。

「喂，太突然了吧？士爵大人會很困擾的哦。」

「真……真是對不起。其實——」

整理了一下遭會長責備的中年商人所解釋的內容，似乎是身為老主顧的貴族命令他弄來「特里斯梅吉斯特」製作的光石裝飾品。

「對方甚至聲稱在我入手之前要暫時取消特許商人的身分……要是失去大客戶，我們的商會就只有倒閉一途了。能不能請您幫我寫一封介紹信給特里斯梅吉斯特先生呢？」

被人這麼拚命懇求實在是很困擾。

「當……當然，我會盡可能地答謝您。謝禮自然不用說，更有公都的美味餐廳和美女雲集的店家──」

我對酬金不感興趣，但公都富商所推薦的店家讓我非常好奇了。

前者自然不用說，後者也是。由於最近持續的禁欲生活，會被夜店裡的接待所吸引也是沒有辦法的呢。

不過，儘管如此──

「抱歉，我無法回應你的期待。」

「怎……怎麼這樣！拜託，我絕對不會要求您寫一封保證交易的介紹信。只要是非常普通的介紹信就可以了。」

寫給虛構人物的介紹信，這實在有點詐欺的味道呢。

「那……那麼，能不能至少告訴我特里斯梅吉斯特先生的所在處？」

雖然很對不起這麼懇求的中年商人，不過這是不可能辦到的。

因為他就活在我的心中……。

「不然就以士爵大人您居中協調的形式來交易光石裝飾品，這樣子如何呢？」

面對提出利益分配的中年商人，我搖了搖頭。

雖然那種東西我一個小時就能製作出十二打，不過因為是用來與貴族建立關係的戰略物資，要是任意流通的話就會損害稀有價值了。

畢竟對於貴族來說，就和設計感一樣，稀有度似乎也是身分的象徵呢。

「士爵大人，我也拜託您了。您這次訂購的商品實在讓我學到了許多。」

或許是將我的冷淡態度視為抬價的表現，會長主動提出了減價。

不不，這種事情就不必了。

「我很想幫忙介紹，但我跟他只在穆諾男爵領旅行的時候見過一次罷了。」

對於我編造的謊言，中年商人換上了彷彿背負滿身絕望的表情。倘若是漫畫裡，大概臉上會劃有縱線條吧。

再怎麼說，此時見死不救的話也太可憐，更何況以後利用這家商會時或許也會很尷尬。

——對了。

「茶會上用來作為禮物的光石裝飾品由於數量有限所以無法出讓，不過這個的話應該就足夠讓你保住顏面了吧？」

我從萬納背包裡取出了製作光石裝飾品時將捨棄不用的水晶削製成眼睛，然後再嵌入光石而成的「詭異干支人偶」全十二種。

作為本體的人偶則是在練習「研磨」魔法的過程中製作出來，上面刻印有與干支相關的符文。

由於僅有一套，稀有度方面也無懈可擊呢。

「您……您願意將這個轉讓給我？」

或許是覺得東西太過詭異，中年商人的聲音顯得顫抖。

「謝謝您，士爵大人！這樣一來店舖總算不用關門了。這份恩情我一輩子都不會忘記的。」

原以為對方感到不滿，結果卻出現了截然相反的反應。

中年商人誇張道謝的模樣讓我覺得無地自容，於是當天僅將物品塞到對方手裡後就早早回家了。

幾天後，中年商人送來了多達五百枚金幣的貨款。

唔，他究竟賣給貴族多少錢呢……

當我在造訪的貴族宅邸內聽著對方吹噓干支人偶的時候差點笑了出來，不過藉助無表情技能總算撐過去了。

至於逗留在公都期間和中年商人追逐夜晚蝴蝶的事情，則又是後話了——

世界上有許多事情還是不要知道比較好。

黑髮貴公子

「莉娜小姐是怎麼了呢？」

「打從之前的舞會以來就是這個樣子哦。」

布拉特斯子爵家的提娜小姐與姊姊之間的對話穿透過我的耳朵。

總覺得，無論做什麼事都飄飄然，好像沒有任何的著力點。

「說到艾姆林子爵家的對象，就是那一兩家之一吧？莫非會成為提斯拉德大人的第二夫人候補嗎？」

「討厭，要是能嫁入公爵家，我可是願意代莉娜嫁過去哦。」

「說得也是呢……不光是家世，也有許多人品不錯的人選呢。」

我心不在焉地聽著姊姊她們的對話，女僕們這時端著裝有茶杯的托盤走進了室內。

「——砂糖要放幾顆呢？」

「提娜小姐是一顆。」

女僕和提娜小姐的侍女交談的內容讓我心臟猛然一跳。

……是砂糖哦，砂糖。

沒有什麼好慌張的。

沒錯，因為砂糖只是甜甜的而已——

「砂糖。」（註：日語「砂糖」音同「佐藤」。）

聽到姊姊的發言，我下意識差點從椅子上站起來。

「哦～果然沒錯。」

姊姊浮現的笑容就彷彿發現了玩具的小貓一樣。

「什麼果然沒錯？」

提娜小姐！拜託，請不要再繼續這個話題了。

我的心聲並未傳達出去，姊姊用篤定的眼

神望著我：

「是那個黑髮男孩吧？」

「佐……佐藤大人並不是那種人！」

「哦～原來那個男孩叫佐藤啊。」

──糟糕了！

居然中了姊姊的高級陷阱……

「佐藤？好像在哪聽過──想起來了！佐藤．潘德拉剛名譽士爵──不就是穆諾市防衛戰的英雄嗎！」

「英雄？──等等，拯救了被數萬魔族和魔物團團包圍的穆諾市，難道就是那個人嗎？」

提娜小姐的發言讓姊姊整個人站起來大聲問道。

平時總是不厭其煩地叮嚀「要像個淑女」的那個姊姊。

不不，如今還有更需要在意的事情。

那個看起來如此善良和藹的人，不可能會做出那種粗魯的事情。

一定是同名的其他人吧。

「賓客已經抵達了哦。準備得怎麼樣了？」

這時，前往確認茶會布置的母親大人回來了。

「今天矚目的賓客有誰呢？」

「只有剛才提到的潘德拉剛勳爵呢。其他人都是老樣子，家世比較古老而已。」

姊姊她們毫不顧忌地談論著，同時追上母親大人的背影。

「新人固然好，不過名譽士爵跟子爵家的門第相差太大，所以排除在對象之外呢。」

「還有，年紀小也是有些超出標準了。」

對象之外──聽了姊姊她們所說的話，不知為何心胸口舒坦了一些。

我自然自然地從口中哼出旋律，踩著長了翅膀一般的輕盈步伐走向茶會會場。

當我一進入會場，正在向母親大人寒暄的黑髮少年──佐藤大人恰好轉過頭來。

「午安，莉娜小姐。本日承蒙邀請，實在非常感謝。」

僅僅只有兩歲之差的佐藤大人，那異常穩重的模樣卻令我心跳加速。

——怦咚！

胸口發出的這個聲音，或許就是我戀愛的開端——

公都夜晚的祕密訓練！

——搖搖晃晃。

「……喵？」

——搖搖晃晃。

身體被人搖晃之後醒來一看，眼前出現的是波奇不安的臉龐。

「小玉，要尿尿……喲。」

「系。」

從主人溫暖的肚子爬下來雖然很難受，不過為了不讓波奇尿床就必須帶她上廁所才行——因為，小玉是姊姊嘛。

靜悄悄、靜悄悄地。

提腿、踮腳尖、躡手躡腳。

為了不打擾大家的安眠，小玉用非常「Siren」的方式步行。

牽著用肉球慢慢走著的波奇，我們在昏暗

的走廊上前進。

——叩！

聽到遠處傳來的聲音，耳朵猛然一動。

——叩叩！

很有節奏的聲音。

好像挺好玩的。

「小玉，是不是到了喲？」

「還沒～再等一下～？」

「系喲。」

不快點的話波奇就會睡在走廊了。

雖然聲音很令人在意，不過還是先履行姊姊的職責吧。

◆

「晚安……喲——」

波奇說到一半就睡著後，小玉幫忙蓋上了棉被。

「嘿嘿，正太的滑嫩腹部～」

亞里沙說著夢話，一邊將腦袋鑽進主人的襯衫裡，所以小玉在沒有吵醒亞里沙的情況下把她拖出來捲進草席裡。

因為，這是主人吩咐過的。

——性騷擾，絕對不行。

◆

小玉循著「叩！叩叩！」的聲音尋找。

——找到了。

「綾女～？」

「——是小玉嗎？居然沒能發現小孩子接近，看來我的修行還不夠呢。」

聲音的來源好像是女武士綾女的訓練。

正在練習用形狀奇怪的短劍來命中目標。

小玉也想試試看。

「嗯，妳對手裡劍感興趣嗎？」

「系～」

「那麼就試試看吧。反正妳似乎對隱形之

術有所領會，說不定很適合當忍者呢。」

這些困難的東西就找亞里沙。

小玉要忙著投擲「棒狀手裡劍」。

叩！鏘！咻──聲音聽起來不太清脆。

「小玉，那個跟投擲用短劍的拋法不一樣。要像這樣擺好姿勢，然後這樣子──知道了嗎？」

「Of course～」

好像聽懂了。

很像是之前主人投擲木籤的時候。

──嘿！

「好厲害……想不到短短幾次就掌握了棒狀手裡劍的拋法。」

「嘿嘿～？」

被別人稱讚後有點不好意思。

小玉跟綾女一直修行到想睡覺為止。

在祕密特訓中進步之後，小玉要展現出來讓主人吃驚哦，喵。

賽拉和服務活動

「巫女，娜娜不在嗎？」

「巫女巫女，娜娜和娜娜的主人不在嗎？」

「對不起哦。他們還沒來哦。」

人群的另一端傳來了海獅人族的孩子們和特尼奧神殿神殿的巫女賽拉的聲音。

小海獅等人叫我「主人」這個字，在發音上似乎無法和娜娜所稱呼我的「主人」一樣標準。

「主人，可以聽到幼生體的呼喚。」

聽到孩子們的聲音，娜娜摟住我的手臂強行撥開了人群。

「等……等一下，娜娜，這麼著急的話會造成周遭人的困擾哦。」

「這是優先事項。」

唔，說得好像「禁止事項」一樣也很傷腦筋啊。

我向表情不勝其擾的行人們道歉，一邊前往賽拉他們等候的賑濟場地。

「娜娜！」

「主人！」

見我們來到賑濟場地，小海獅等人便很開心地輕快跑來。

「幼生體們啊，我回來了——這麼告知道！」

展開雙手的娜娜一把抱住了小海獅他們。

孩子們在娜娜的懷裡高興地掙扎著。

「佐藤先生，一直以來都謝謝你。」

「不不，這並不算什麼哦。」

和出現在兩人身後的賽拉打完招呼後，我便跟著同伴們一起幫忙準備賑濟會場。

至於小海獅他們則是負責幫領取賑濟的人們整理隊伍。

一旦發現想要插隊的大人們，就會輕快地跑上前去提醒。

「請……請排隊。」

「拜託……配合。」

面對向上望來的濕潤眼睛，幾乎所有的大人們都會很難為情地冒出「真沒辦法，就排排隊吧」的傲嬌台詞，然後繞至隊伍的後方。

不過，其中也有惱羞成怒——

「吵死了！你們以為自己在跟誰說話啊。」

像這樣子毫無風度地咆哮的笨蛋，不過年長組都會對這種人施以鐵鎚制裁。

「那麼，我們就到那邊請教一下你是誰吧？」

「無法之徒只有死路一條。」

面對就連凶暴魔物也勇於挑戰的莉薩和娜娜所發出的怒氣，區區只會嚇唬小孩子的粗暴之徒當然無從抗衡。

可以說在經過兩人教訓後，每個人都必然

會向小海獅他們道歉並前往隊伍的最後排隊。

賑濟活動順利結束之後，就是為幫忙的孩子們朗讀繪本作為獎勵的時間了。

「那麼，就請佐藤先生擔任動作解說和男性角色。」

以賽拉為搭檔，我在滿臉期待的孩子們面前打開書本。

頂著最認真的表情望向這邊的則是莉薩。

還是老樣子，她似乎非常喜歡繪本的朗讀。

我稍微清了清喉嚨。

即使在異世界，繪本的開頭也並沒有多大的不同。

很久很久以前，有個地方——

梅妮亞公主和木頭人

「您回來了，殿下。」

和勇者一起外出屠龍的梅妮亞公主回來了。

一同前往的護衛騎士都精疲力盡，但公主流露儘管疲累卻好像卸下了重擔的感覺，前陣子的那種緊繃感已經消失無蹤。

僅僅比我年長一些，就被寄託著自己國家的命運，實在是有點沉重呢。

「龍已經順利消滅了嗎？」

「是的，多虧勇者大人的協助，已經成功地從癒眠樹擊退黑龍了。」

「咦？不是將其打倒嗎？」

「即使是勇者大人，也無法打倒真正的龍哦。」

我驚訝地詢問後，公主用有些傻眼的表情

回答道。

說到這個，這邊的龍似乎就像ＲＰＧ的最終頭目那樣強得一塌糊塗吧。

「——迫降？真虧你們能平安無事呢。」

喝著女僕小姐端來的美味好茶，我從公主口中打聽屠龍的經過。

當然，轉移者同伴小葵也在一起。

雖然我比較喜歡「Buster」的咖啡，不過這邊沒有「Buster」的連鎖店，而且咖啡豆又貴得嚇人，所以就只能忍耐了。

「是的，從座位上被拋出去的時候，差點還以為沒命了。不過佐藤大人接住了我——」

佐藤這個名字之前曾經聽過。

一開始的確聽成佐藤，但發音又有點不一樣。

記得和梅妮亞公主成為朋友的隔壁領主女兒——好像叫卡米娜吧？

應該是那個人的家臣，所謂的「英雄廚師」才對。

明明只有十五歲卻靠自己力量成為貴族的厲害人物。

「——不僅親手修理了飛空艇，還幫忙沙珈帝國的皇女殿下和希嘉王國『天破的魔女』大人調配魔法藥——」

總覺得，從剛才就一直在談論佐藤而不是勇者。

「——不過，佐藤大人有些不貼心呢。難得我主動交談，卻只是心不在焉地附和著，最後居然睡著了！」

「嗯嗯，是啊。」

氣呼呼的公主身上傳來了有男朋友的女人所獨有的波動，我於是適時地與對方同仇敵愾。

「喂喂，小唯，莫非殿下她——」

「嗯，大概吧。」

小葵似乎也察覺到了，小聲地在我耳邊這麼說著。

連十歲的小葵都看得出來，公主本人卻似乎還未察覺自己喜歡上佐藤的事實。

——公主的樣子有些怪怪的。

「真是的，身為名譽士爵居然讓公主乾著急，未免也太狂妄了。」

還以為在說些什麼。

「該不會是已經忘記約定了吧？」

結果卻是頂著不安的表情，不斷重複著寫信然後將其揉成一團丟掉的動作。

身為食客，我就多少來協助一下公主的戀愛之路吧。

「對了，殿下。那位佐藤先生是黑色頭髮——」

畢竟在幫忙公主的戀愛之路同時，說不定我們還能夠找到返回日本的方法。

笑瞇瞇地望著露出不悅表情卻仍興沖沖地開始準備外出的公主，我的思緒飛到了尚未見過的異世界日本人候補身上。

魔劍之名

「製作魔劍的過程，就算看了也不會覺得有趣哦！」

「沒關係，觀摩老公的職場可是老婆的愛好對吧？」

「嗯，愛好。」

真是讓人難以判斷，不知該吐槽她們「公都地下的迷宮可不是職場」或者「根本就沒有什麼老婆」才好。

「嗯，也罷。妳們離遠一點，很危險的哦。」

我稍稍遠離亞里沙和蜜雅兩人，然後從主選單的魔法欄裡發動了術理魔法「理力模具」。

就如同使用好幾次過後預設登錄的那樣，相同的模具出現了。

這次是普通的闊劍式單手劍。

我將已經熔解的青銅倒入其中。

由於每次都要熔解很麻煩，我於是用火魔法「火焰爐」事先熔解了大量的金屬並收納在儲倉裡。

這個模具是為了魔劍而量身定做，內部可以形成魔法迴路用的空洞。

「哇啊——感覺好熱。」

「嗯，加油。」

可以看到換上啦啦隊制服的亞里沙和蜜雅揮動著彩球。

這時候可不能分心，於是我將注意力轉回了前方。

我在青銅凝固至某種程度時解除了內側的模具，然後往其空洞中注入魔法迴路專用的魔液。

接著發動水魔法「液體操作」慎重地在青銅內部形成迴路，小心翼翼地不和快要凝固的青銅混在一起。

之後等冷卻就完成了。

急速冷卻的話會讓材質脆化，所以我便等待它自然冷卻。

「已經完成了？」

「簡單？」

「畢竟是只要注入魔力的單純魔劍而已呢。」

換成複雜且細微的魔法迴路，將魔液注入迴路用的空洞之前就會發生堵塞，或者出現魔液在中途塞住之類的狀況。

儘管還有將另行製作好的魔法迴路以空間魔法謄寫過去的方案，不過這大概要等亞里沙的空間魔法技能更上一層樓之後了吧。

在魔法迴路的形成上，倘若可以獲得蜜雅的協助，一樣也能夠製作出更為複雜且高機能的迴路。

「劍名要取什麼？」

「沒有哦。無銘。」

總覺得無銘聽起來挺帥氣的。

「這樣可不行哦！畢竟國內根本就沒有幾把魔劍！」

亞里沙這麼主張道，但我搜尋後發現每個都市都有十把左右。畢竟公都可是有超過一百把的魔法武器存在呢。

「那麼，亞里沙和蜜雅妳們幫忙想一想吧。」

我將命名作業完全丟給兩人負責，自己繼續製作第二把劍和追加了電擊棒機能的魔槍以及魔斧槍。

「例如天羽羽斬或噬魂者之類的。」

「姆，『新綠之陽』、『冬風』。」

「這把劍準備要出售，所以別取太氣派的名字吧。」

我這麼要求兩人，一邊在魔劍和槍的槍尖鍍上祕銀。

「討厭，這種事情早點說嘛。」

「抱歉抱歉。」

向言之有理的亞里沙道歉後，我嘗試了一下魔槍的電擊機能。

頂多有點麻麻的而已。之後在公都附近找魔物來實驗好了。

「咦，會出現電擊嗎？」

「不過威力就跟電擊棒一樣弱呢。」

「既然這樣，我有個好名字。」

亞里沙的發言讓我產生了一些防備，但她提出的卻不是那麼標新立異的名字。

被賦予了驅逐艦之名的魔劍們，今後會在什麼樣的主人手中大放光彩呢？

我不是神，所以這點也無從得知了。

不過，可以的話真希望能對人們做出貢獻呢。

普塔鎮的日常

「主人，發現了幼生體的照料者。」

出現在旅館中庭的娜娜帶來了一名初老女性。

至於娜娜的雙手裡則是抱著學齡前的幼兒，正發出「呀呀」的愉快聲音。

「我……我之前擔任過育幼院的院長。」

或許是對貴族有過不好的印象，前院長躲避著目光整個人坐立不安的樣子。

「是院長哦。」

「是奶奶哦。」

倘若沒有娜娜兩旁的幼兒存在，我大概會懷疑對方做了什麼虧心事吧。

「抱歉勞駕您過來一趟。我想討論一下關於普塔鎮的育幼院重建事項。」

「重……重建嗎？波頓准男爵之前應該說過『普塔鎮不需要育幼院。要是有小孩喊餓的話就讓他們勞動』才對……」

前院長似乎相當怨恨波頓准男爵，用十分可憎的語氣模仿他的聲音。

「不用擔心哦。公都的羅伊德侯爵已經答應作為後盾了。」

「侯……侯爵大人嗎！」

前院長被我的話嚇了一跳。

這並非無償協助，而是以轉讓番茄醬的製作法和販賣權作為代價，但我原本就不打算拿來販賣所以並沒有問題。

「據說是計畫要讓孩子們在育幼院的農田裡學習怎麼種植番茄，將來準備以農業指導員的身分派遣至公爵領內。」

「哦……哦哦哦！」

事情來得太突然，前院長的理解能力似乎跟不上。

雖然覺得讓成人來學習比較快，不過普塔鎮出產的番茄目前都由羅伊德家獨佔，對方表示要憑藉番茄醬的利權來大賺一筆，所以希望等年長的孩子們成年時才將番茄推廣至整個公爵領。

不愧身為大貴族，對方似乎並非只是個老饕貴族而已。

當然，我也請對方保證了會向穆諾男爵領進行派遣。

畢竟番茄得要推廣至全世界才行呢。

「所以，我想再次拜託您擔任育幼院的院長，您肯答應嗎？」

「是……是的，貴族大人。若不嫌棄我這把老骨頭，就請盡量使喚吧。」

既然說詞有些誇張的前院長已經答應接下職務，我於是進一步討論細部的人才招募和營運方針。

至於瑣碎的財務處理——

「主人，搞定了哦。之前的帳本相當隨便呢。擔任會計的人好像挪用了不少錢。」

——則是交給優秀得令人意外的亞里沙負責。

「謝謝妳，亞里沙。會計似乎就躲在隔壁鎮，之後我會抓起來妥善處理的。」

「嗚哈——要是主人扮演刑警的話，懸疑小說搞不好短短一頁就結束了呢。」

由於在懸疑作品裡總是會被敘述性詭計誤導，所以這對我來說是不可能的。

「那麼，不好意思，可以幫我把記帳的方式傳授給新會計候補的孩子嗎？」

「ＯＫ——！複式的話時間不太夠，所以就教一下簡單的基礎好了。」

我將接下來的事情交給亞里沙後，便展開了匿名消滅壞人的作業。

◆

「喝——喲。」

聽到可愛的聲音後走近一看，只見波奇和小玉兩人正在參加柯恩少年的魔獵人隊伍。

小玉和波奇她們好像說過一大早就要去狩獵了吧？
至於莉薩應該和露露一起去番茄田裡幫忙了才對。
她之前說過想要學習種植番茄的方法。
「一擊就打倒斑熊？」
「真是不得了的小姑娘呢。」
面對女魔獵人的稱讚，波奇看似害羞地遮住了臉。
不過，那尾巴卻彷彿快要甩斷般地左右擺動著。
「柯恩，這下你不是輸了嗎？」
「少囉唆——輸的人不只我一個，凱娜妳們所有人不也一樣嗎！」
「柯恩還真是狂妄呢。」
「雖然是真話，不過就因為這樣才氣人。」
見到波奇打倒森林迷彩的熊之後，女魔獵人們紛紛出言戲弄柯恩少年。

「有怪怪的東西～？」
雙手扛著獵物的小玉，這時從岩山上方輕盈地跳了下來。
「鱗蜥蜴？居然抓到了稀有的東西呢。」
「這個非常美味，去請那位很會做菜的大姊姊幫忙調理吧。」
「系～？」
小玉似乎抓到了類似犰狳的生物。
「我也不會認輸的。趕快把哥布林的巢穴找出來吧。」
鼓起幹勁的柯恩少年所邁出步伐的方向，卻是哥布林的巢穴完全相反。
難得遇上，就雞婆一下好了。
「唉呀？午安。」
「貴族大人！」
「士爵大人，您怎麼到這裡來？」
「我在找這兩個人哦。」
見到我登場，柯恩少年等人和小玉及波奇都開心地靠了過來。

不知為何，女魔獵人們也頻繁地在我身上摸來摸去。

「義手的狀況怎麼樣？」

「雖然手指還不能靈活使喚，不過拿盾牌戰鬥已經足夠了！多虧這樣，昨天也成功打倒了哥布林！」

「真是努力呢。很了不起哦。」

我這麼稱讚自豪的柯恩少年後，他露出不怎麼反對的微笑。

他所穿的補丁鎧甲上面到處都是哥布林的爪痕。

由於還要逗留在普塔鎮好一陣子，所以就幫他製作一下鎧甲來打發時間好了。

「對了對了，我剛剛那邊的山腳下發現了哥布林哦。說不定還有巢穴呢。」

「太好了！凱娜，就在那個山腳下！趕快過去吧！」

「等……等一下，柯恩。」

「啊啊，真是的！已經跑掉了。」

「抱歉，士爵大人。我們這就去追柯恩那個笨蛋。」

「好的，路上請小心。」

獨自一人衝在前頭的柯恩少年，女魔獵人們則是氣呼呼地在後追趕著。

其中有好幾人依依不捨地回頭望向我這邊，但應該沒有什麼要事吧？

「那麼，先把獵物放血之後再回去吧？」

「系～？」

「是喲。」

從後方關注著小玉和波奇進行解體作業，我一邊製作柯恩少年的鎧甲。

女魔獵人們的鎧甲也已經破爛不堪而暴露出大片皮膚，所以我順便利用剩餘的素材幫她們製作護胸好了。

思考著今天晚上的菜單，我同時充分利用閒暇時間，完成了甲蟲護胸以及班熊皮製成的迷彩斗篷。

但願柯恩少年他們會喜歡呢。

「獵物～？」

「有滿滿的肉喲。」

帶著心滿意足的小玉和波奇，我回到了普塔鎮。

多出來的肉也一併提供給了育幼院的孩子們，在烤肉派對當中讓那些餓腸轆轆的孩子們填飽了肚子。

「士爵大人，我也要當魔獵人！」

「我也是，要獵到很多的肉！」

「我也要打獵——」

「我要學做菜！」

傾聽著兩手拿著肉串的孩子們充滿食慾的宣言，普塔鎮的夜更深了。

「幼生體的願望由我來實現——這麼宣布道。主人，請準備教師！」

「波奇隊員、小玉隊員，我任命妳們為孩子們的教官。」

「系系～？」

「收到喲。」

面無表情的娜娜在情緒上有些亢奮，但像這樣的日子偶爾也不錯呢。

眺望月光下的山脈所浮現的黑龍影子，我一邊喝著番茄汁。

紅色果實的祕密

「波奇妳討厭番茄嗎？」

主人看到剩下紅色果實的盤子後露出傷心的表情。

「沒……沒有這回事喲！波奇最喜歡番茄了喲！」

「既然討厭就不要勉強自己了哦！」

所以，波奇很快地這麼回答。

不過，主人卻不肯相信。

「姆姆，很美味喲。」

「是嗎，太好了。這個很有營養，多吃一點的話我會很高興的。」

「是喲。」

波奇努力將紅色果實塞滿嘴巴後，主人終於開心地微笑了。

——為了這個微笑，就算是軟趴趴的紅色果實，波奇也不要緊喲。

「小玉也吃完了呢。真了不起。」

「嘿嘿～」

——啊！只摸小玉的腦袋太不公平了喲！

波奇下意識望著小玉，結果主人也說「當然，波奇也很了不起哦」然後伸手摸了摸腦袋。

嘿嘿～喲！

◆

「Oops。」

「又堆了很多紅色果實喲。」

猴子的人每天都開開心心地把剛採收的紅色果實送過來。

「妳們兩人，不可以挑食哦。」

「系～」

「是喲。」

聽了莉薩的話，就和小玉一起點頭。

與其肚子餓得不能動，還是把肚子裡裝滿軟趴趴的紅色果實比較好。

因為總比很苦的加波瓜藤蔓還有乾巴巴的樹皮好太多了。

——可是……

「奇怪～？」

「紅色果實沒有了喲。」

盤子裡到處都沒放。

「抱歉，番茄都拿去製作純番茄汁了，所以今天沒有剩下任何番茄哦。」

主人用很抱歉的表情說對不起。

「沒關係～？」

「是喲。波奇只是覺得有點可惜，不過非常不要緊喲。就算明天也沒有都沒問題喲？」

跟小玉一起這麼回答後，主人呵呵笑了出來。

——只要主人笑，波奇也會變得幸福喲。

「不用擔心，主要是因為今天的數量不夠用，明天開始就恢復正常了呢。」

「耶～？」

「這……這個，真是讓人非常非常失望——不是，是高興喲。」

波奇沒有被非常遺憾的告知所擊倒，而是跟小玉一起發出歡呼聲。

「蛋包飯煎好了哦。」

露露把裝著黃色煎蛋捲的盤子端到了餐廳裡。

「包得很漂亮呢。」

「是的！我努力了一番！」

主人這麼誇獎後，露露換上了非常棒的笑容。

「今天是加了純番茄汁的蛋包飯哦。」

在蛋包飯——煎蛋捲的上面，主人加上了紅色濃稠的東西。

……那個一定就是軟趴趴的紅色果實了。

波奇和小玉對望後彼此點頭。

統統吃光吧。

為了主人的笑容——

「來，趕快吃吧。」

「系～？」

「是……是喲。」

主人用充滿期待的眼神望著波奇們，所以急急忙忙把湯匙插進了煎蛋捲裡。

——波奇不會認輸喲！

然後心一橫，把滿湯匙的煎蛋捲送進嘴巴裡。

包在蛋裡面的顆粒在口中散開，甜甜的美味擴散至整個嘴巴。

「Delicious～」

小玉猛然豎起耳邊睜大眼睛。

波奇一定也是同樣的表情。

「非常、非常厲害喲。」

聽了波奇這麼說，主人開心地笑了。

——光是這個笑容，波奇就可以吃三大碗飯喲。

就連蜜雅和亞里沙也都很專心地在大口吃著。

大家好像都很喜歡蛋包飯。

波奇也不落人後地動起湯匙。

直到傳來喀鏘的聲音，才發現已經吃完最後一口了。

「還要再來一盤嗎？」

主人的這句話，讓波奇們爭先恐後地回答了。

那就是——

「再來一盤喲！」

蛋包飯進行曲

「姆，馬馬虎虎。」

相較於漂亮且看似美味的外觀，紅色果實——番茄卻是不太好吃。馬馬虎虎。

撇開外側比較酸的問題後雖然還算美味，但裡面濃稠的部分在嘴裡變得軟趴趴，實在很噁心。讓人感到很不愉快哦！

「就跟美幼女亞里沙一樣，還差一點點尚未成熟比較好呢。」

「前半段另當別論，後半段倒是很同意哦。」

「什麼意思嘛！」

亞里沙和佐藤好像很喜歡番茄。因為他們吃得津津有味，而且總覺得心情很好的樣子。這種兩人世界一樣的氣氛實在有點嫉妒。只有一點而已哦！

「蜜雅妳不怎麼喜歡嗎？」

「嗯。」

我對佐藤的問題點了點頭。

「那麼，就來施點魔法吧。」

「魔法？」

佐藤明明不會詠唱，卻相當擅長魔法。非常拿手哦。

「沒錯，就是讓蜜雅喜歡上番茄的魔法哦。」

這麼說完後，佐藤開心地笑了。

我喜歡佐藤的笑容。看著看著就會沉浸在幸福裡。非常幸福！

「——姆？」

佐藤的料理總是很美味，但今天的卻有些奇怪。怪怪的。

他正在把水煮後去皮的番茄搗成碎泥。

「番茄醬？」

「算是純番茄汁吧？」

亞里沙又說了只有佐藤聽得懂的事。

只有兩人彼此理解太不公平。真希望也讓我加入。

「蜜雅，調理中突然抱過來是很危險的哦。要磨蹭腦袋的話，等到調理結束之後再說吧。」

「嗯，等待。」

佐藤把純番茄汁移到容器裡，然後將平底鍋放在爐灶上。奶油的香味，讓肚子發出咕嚕嚕的聲音。

爐灶的火熊熊呼嘯，佐藤的菜刀輕快地咚咚躍動。

開始滋滋叫的平底鍋，上面的奶油就像是等待演員的觀眾鼓掌聲一樣。

「好香的味道～」

「是幸福的香味喲。」

小玉和波奇兩人也跟我一起餓腸轆轆了。

我傾聽著佐藤做菜的聲音一邊彈奏魯特琴後，小玉和波奇便開始一同唱歌。

「抓飯？」

「錯了哦，仔細看下去吧。」

在完成抓飯的平底鍋上，用畫圓圈的方式加入了剛才的純番茄汁。

染成橙色的抓飯，散發著不同於平常的柔和甜味。

「完成～？」

「再等一下。」

單手打開雞蛋的佐藤把蛋煎得相當薄，在裡面裝進剛才的橙色抓飯，然後像魔法一樣包得非常漂亮。

「是煎蛋捲抓飯喲。」

「這個叫蛋包飯哦。最後淋上剩餘的純番茄汁——就完成了！」

佐藤果然會施展料理的魔法。

在蛋包飯的黃色舞台上，有使用紅色的純番茄汁畫成的兔子在微笑著。

第一次吃到的蛋包飯就像波奇和小玉所說的是幸福味道。非常美味又幸福哦。

當然，蛋包飯也就已經進入了我喜歡的食物前幾位。真的哦！

無角獸

「快跑～達利～？」

「基跑得非常快喲！」

騎乘的小玉和波奇非常激動地在草原上馳騁。

今天會來到位於波爾艾南之森的廣大草原，主要是為了讓一直原地放置的馬兒們活動一下。

當然，不光是四匹拉車馬，莉薩和娜娜的走龍們和蜜雅沒有角的獨角獸也一併過來了。

至於無力自行騎馬的亞里沙，則是和露露一塊騎在馬上。

「佐藤。」

蜜雅指著的方向出現了人影。

「老師～？」

看樣子，那個人影似乎是小玉的精靈老

師，武士精靈西西托烏亞先生的樣子。

由於沒有特定的目的地，我便將馬頭轉向西西托烏亞先生所坐的巨大岩石。

「老師～」

小玉直立站在達利的馬鞍上大幅度揮手後，對方似乎也察覺到，以大動作揮手回應。

「佐藤你們是來參觀獨角獸的嗎？」

「不，是陪這些孩子們散步。」

大岩石上的西西托烏亞——西亞先生指著遠方可見的白色馬體這麼向我告知。

據他所說，今天來到草原是為了運送羽妖精前來確認獨角獸們的健康狀況。

「——由羽妖精們來進行診斷嗎？」

如此不協調的情報，讓我的大腦拒絕理解。

「嗯，羽妖精的女王僅僅觸碰幻獸們就知道有哪裡不舒服。」

我利用望遠技能觀看獨角獸們之後，發現了其中擁有較大翅膀的羽妖精。

那孩子大概就是女王了吧。

就在我們這麼交談之際，無角獸卻是在旁邊嘶嘶地發出鼻聲。

牠似乎對於靠近這邊的獨角獸們產生了興趣。

「獨角獸居然會靠近有精靈或人類男性的地方，真是罕見呢。」

正如西亞先生所言，獨角獸們正以緩慢的動作靠向這邊。

牠們大概也對無角獸很感興趣吧？

「馬來了～？」

「那個是嘟角獸喲。」

「不是。」

「是獨角獸——這麼訂正道。」

「呼哈哈哈，來吧，獨角獸！這裡有雙重人生型的無敵純潔少女哦！」

大概是錯覺，總覺得亞里沙的呼喊中有些自暴自棄。

畢竟我也聽不懂什麼意思呢。

「往主人的方向靠來了呢。」

「佐藤，離遠一點。獨角獸對於男性有攻擊傾向哦。」

「不用擔心哦——」

儘管西亞先生這麼警告，但當初在巨人之村裡的獨角獸們都相當友善，所以我想應該沒問題。

「——看吧？」

對於將鼻子湊到我的手上嗅來嗅去或是不斷舔弄我臉頰的獨角獸們，我感覺不到任何的惡意。

「什麼！」

西亞先生發出驚呼。

「原來佐藤是女性嗎！」

——才不是。

莉薩和露露妳們也別一副吃驚樣。

我們三人不是一起在公共浴池裡泡了好幾次嗎？

「佐藤。」

徒步的蜜雅向我伸出了雙手。

「無角獸呢？」

「配對。」

蜜雅所指的方向，無角獸和母獨角獸相處得相當融洽。

看樣子，無角獸的戀愛季節到來了。

關注著無角獸的戀情，我們和獨角獸們一塊在草原上盡情地馳騁。

另外，獨角獸們會親近我這個男人的原因依舊成謎。

——真是不可思議呢。

蹦蹦菇

「蹦蹦床是什麼～？」

「波奇也不知道喲。」

「所謂的蹦蹦床啊，就是站在上面可以蹦蹦跳跳的遊樂場地哦。」

走在前往目的地的小徑途中，小玉和波奇這麼詢問了亞里沙。

「就像城堡的床鋪一樣～？」

「一定跟稻草床差不多喲。」

「很快就知道了哦。」

見到大動作比手畫腳猜測的小玉和波奇，亞里沙呵呵笑著敷衍過去。

不久，傳來了羽妖精們開心的聲音。

穿過樹蔭，可以見到羽妖精們正在玩著蹦蹦菇的景象。

儘管羽妖精們當中沒有熟悉的身影，但其前方卻有個認識的人。

就是莉薩的精靈老師，螺旋槍使古爾加波亞──古亞先生。

「莉薩。」

「古爾加波亞老師。」

受到話少的古亞先生影響，連帶莉薩說話也變得簡潔起來。

「您帶羽妖精們過來嗎？」

「肯定。」

古亞先生點頭回答我的問題。

「開心～？」

「棒呆了哦！」

將臉湊近玩著蹦蹦菇的羽妖精們，小玉羨慕地這麼詢問。

「波奇也想要玩玩看喲。」

波奇注視著羽妖精們，看似遺憾地喃喃自語。

──沒錯，蹦蹦菇大小僅勉強能讓羽妖精遊玩，小玉和波奇玩起來就太小了。

「可惜～」

「超重了——這麼判定道。」

亞里沙和娜娜看起來也很失望。

古亞先生見狀後不解地傾頭。

「魔力填充。」

他指著位於廣場中央的單薄蹦蹦菇這麼告知。

「注入魔力後就會變大嗎？」

面對我的問題，古亞先生默默點頭。

既然有這個機會，就試試看吧。

「Great～？」

「非常大喲！」

我聞言後靠近蹦蹦菇嘗試注入魔力，結果就膨脹成了可供約十名成人同時遊玩的大小。

「軟綿綿～？」

「非常厲害喲！」

小玉和波奇迫不及待地彈跳著，大家受此影響也陸續跟著開始玩蹦蹦菇。

「呀！哇啊啊——啊！」

提心吊膽的露露跳得不太好，整個人在蹦蹦菇上摔倒了。

「冷靜點，露露。我會扶著妳，我們一起跳吧。」

「是……是的，主人。」

抓住我伸出的雙手，露露總算能夠順利彈跳了。

「不公平。」

或許是羨慕這樣的露露，蜜雅跑過來抱住了腰部。娜娜也跟著一起。

「主人，希望合體。」

——合體？

娜娜的目光盡頭處是莉薩抱著小玉跳躍，來到頂點附近時就改為將小玉向上拋起的遊戲。

原來如此，是希望我也那麼做嗎？

「知道了，我來幫妳吧。」

我將露露交給蜜雅，決定自己抱著娜娜做出相同的動作。

運動過後吃著香菇全餐，實在是相當美味。

由於必然會形成和娜娜彼此擁抱的姿勢，胸前的感覺很幸福。反彈時襲向下巴的柔軟上鉤拳雖然頗痛，不過就當作是一種特權而忍住了。

——劈啪！

儘管聽到某種聲響，但我仍毫不在意地像莉薩一樣將娜娜拋向空中。

緊接著又把看似希望被我拋上天空的莉薩也一併上拋。

就在接住落下的莉薩之際，和剛才相同的聲音斷斷續續地傳來。

「嗚哇哇～？」

「Ouch喲。」

看樣子，蹦蹦菇好像裂開了。儘管大家都跌撞在一起，歡笑聲仍然沒有中斷。

就這樣，蹦蹦床遊戲在沒有任何人受傷的情況下結束了。

另外，裂開的蹦蹦菇則是決定當作大家的午餐來享用。

獵生火腿

「來吧，獵生火腿，Let's go！」

伴隨著亞里沙的昭和年代吆喝聲，我們轉移的地點是——

「是毛毛雨哦。」

「嗯，雨季。正適合吃。」

看樣子，作為我們此行目標的生火腿似乎是雨季的特產。

至於「獵生火腿」究竟是怎麼一回事，我還不太清楚。

「目的地。」

走了好一陣子，我們來到了一處布滿紅色花蕾的空地上。

另一端開著看似繡球花的花朵。

「蝸牛～？」

「有好多喲！今天是炒蝸牛喲！」

「好久沒吃到了呢。」

在樹蔭旁邊的草叢裡發現蝸牛的獸娘們開始動手採集蝸牛。

「這個可以吃嗎？」

「人族不太常食用，不過水煮後的蝸牛再灑上鹽巴可是雨季的美食。」

露露很感興趣地詢問後，莉薩便頂著懷念的表情傳授了烹飪法。

法國蝸牛儘管很有名，不過從我個人的偏見來看還是不想把蝸牛拿來食用。

「聽到人聲還以為是誰——原來是佐藤你們啊。」

「是老師喲。」

「波奇總是這麼有精神呢。」

毛毛雨的另一端出現的是波奇的老師，精靈波露托梅雅小姐。

她今天並非鎧甲打扮，而是穿著妖精絹材質類似連衣裙的單薄衣物。

雖然非常好看，但她好像沒有撐傘就一路

走來，導致單薄的衣服被雨打濕後貼在身體上變得透明。由於令人感覺有些不道德，所以我便使用生活魔法稍微將其弄乾。

「佐藤你們也是來獵生火腿的嗎？」

「是的，沒錯。波露托梅雅小姐也是嗎？」

面對我的問題，波露托梅雅小姐先是告知「波雅就好」然後點頭肯定。

「嗯，雨後剛盛開的生火腿實在很美味呢。你看，開始開花了哦──」

開花？

精靈之森的生火腿會開花？

在她所指示的方向，花蕾沐浴了陰天灑下的陽光後如玫瑰一般盛開。

看樣子，那猶如玫瑰花瓣的東西就是生火腿了……所謂的火腿究竟是……

「美妙。」

「漂亮～？」

「非常Beautiful喲！」

繼蜜雅之後，小玉和波奇也開心地欣賞著花朵。

「快跟上，波奇！」

「是喲。」

接續著一手拿著刀子開始採收的波雅小姐，同伴們也一起開始收割。

「佐藤，吃吃看吧。」

我試著咬了一下波雅小姐遞到我嘴邊的玫瑰般花瓣。

那味道無疑就是生火腿。

而且還非常美味。

「這個很適合搭配妖精葡萄酒。」

波雅小姐得意笑道。

的確是非常搭調。

「之後找西亞他們一起來喝吧。佐藤你也要來。」

「好的，就容我一同陪伴吧。」

「那麼，獵生火腿的重頭戲到了。那些傢伙要出來囉。」

——重頭戲？

「龐然大物～？」

「是生火腿怪獸喲。」

小玉和波奇的面前，出現了巨大玫瑰花一般的生物正在揮動觸手。

根據ＡＲ顯示，那並非魔物而似乎是幻獸的一種。

「不要傷到本體！只要砍掉花瓣就會安分下來。花瓣可是絕品！要砍得漂亮一點哦！」

「知道了！」

波雅小姐的指示讓莉薩眼睛為之一亮，挾帶著魔刃的光輝開始收割巨大的花瓣。

就連總是要努力一番才能發動的魔刃，在食慾的面前似乎也變得很順手了。

就這樣，經過一場小戰鬥後，我們成功獵到了絕品的生火腿。

或許是生火腿太過美味的緣故，同伴們有好一陣子都患了見到紅色花瓣就會舔舌頭的後遺症，不過這是另外的故事了。

此外，喝著妖精葡萄酒一邊享用生火腿真是最高的享受。

原創咖哩

「看你的表情，應該是吃膩了咖哩吧？」

亞里沙打量著我的臉之後笑容滿面地這麼問道。

「是啊。」

精靈之村的咖哩祭已經到了第三天。再怎麼說也吃得太膩了。

「有個好消息要告訴主人哦！」

雅亞里沙停下動作等待我的反應。

「是什麼，亞里沙？」

「突破單調口味的祕策！那就是新品種的咖哩！」

「哦！」

亞里沙難得提出看似正經的建議，我於是催促著下文。

「現在要展示我們製作出來的原創咖哩哦！」

總覺得突然開始有不好的預感了。

「第一棒是——」

「波奇的原創咖哩命名為肉肉咖哩喲。」

搶在亞里沙高呼之前，波奇就在我面前端出了大盤的咖哩。

甘口漢堡排咖哩的上方，盛放著令人感到誇張的大分量燒肉。

「這真是壯觀呢。」

「是喲！非常厲害喲！」

波奇擺動著雙手極力主張道。

我迅速接住差點就要掉落的咖哩盤。

「波奇要餵主人吃喲。」

絲毫沒有留意到差點掉落的事情，波奇將湯匙遞到我的面前。

大號的咖哩湯匙上面，是快要滿出來的漢堡排和肉。

由於眼看快要塌落，我於是用「理力之手」幫忙支撐住。

「嗯，很美味哦，波奇。」

「嘿嘿～喲。」

我透過波奇的湯匙吃完後出言稱讚，波奇便扭動著身體開心道。

亞里沙品嚐了放在側桌的肉肉咖哩，口中喃喃說著「很不錯呢」。

或許是一次塞了太多，亞里沙的臉頰就像松鼠一樣鼓起。

「接下來是小玉～？」

「是蝦肉咖哩吧？」

「系！就是蝦蟹咖哩特別版～？」

的確是特別版。

快要超出盤子的巨大波爾艾南蝦就堂堂擺放在中央處。

儘管被咖哩染色而看不出來，但偶爾露出的褐色肉塊應該就是螃蟹吧。

螃蟹似乎是澤蟹一般的大小。

「這個要怎麼吃呢？」

「喵～？要大口大口地吃～？」

經我詢問後，小玉傾頭不解地這麼回答。

總覺得她根本不知道我詢問的重點是什麼。

沒有辦法，我於是用「理力之手」取下蝦頭，僅將蝦子用手指發出的魔刃切割成合適的大小。

雖然覺得有些糟蹋技術，不過技術的價值就在靈活運用，所以應該沒問題吧。

「小玉的咖哩也很美味哦。」

「喵呵呵～這邊也很美味～？」

小玉用湯匙舀起看似澤蟹的東西向我遞出。

——啊！

「哇啊！」

「Ouch～？」

一旁飛來的羽妖精，這時猛烈撞上了小玉的湯匙，褐色的塊狀物飛上半空中。

見到掉落後在地面滾動的塊狀物，我的背部起了雞皮疙瘩。

莫非，那個是……

「小玉，這個是？」

「蝸牛～？雨季的美味～？」

「這……這樣啊……」

看樣子，羽妖精似乎幫了我的忙。

不過，小玉的身後還有其他孩子們。

我只能聽天由命，帶著向笑容面對下一個盤子。

海龍群島，遇難記

「吉德貝爾特男爵，船隊就交給你負責了。」

「請您期待好消息，艾姆林子爵！我保證會帶回讓那些吝於出資的人咬牙切齒的利益！」

在公都的壯行會上向船隊出資人艾姆林子爵這麼發誓，已經不知是什麼時候的事情了。

「男爵大人！魔力障壁不能動！」

「緊急推進器也是一樣！」

「機關室報告！魔力爐發生了不完全燃燒！」

截至修拉里埃王國的平穩的航線讓我們——不，讓我變得自大了起來。

「四號艦及六號艦遭到海龍的身軀衝撞後沉沒了！」

「快用魔力砲迎擊！」

「所以就說了，魔力爐根本無法供給魔力啊！」

「還有你們自己的魔力吧？」

我們在連續好幾天的暴風雨影響下失去了陸地方向，闖入了遙遠的大海原。

遭遇了如此大的暴風雨卻未損失任何一艘船，靠的並非只是熟練的船長和水手，想必還有船上的魔法使們以及搭載了大輸出魔力爐的新造艦之故吧。

倘若沒有艾姆林子爵從公爵那裡幫忙借來的神代祕寶「光榮的引導者」，說不定早就發生叛亂了吧。

因為這個祕寶總是指示著公都方向。

「不行！魔力一經填充就會消失。」

「辦不到的話用火杖或雷杖也行！再不行的話就改用弓箭或魚叉！」

靠著祕寶在大海原上邁進，我們最後抵達了一座島，上面留有可以稱為都市岩的不可思議遺跡。

「三號艦，擊沉！」

早已厭煩於魔法使們淨化過後帶有鹹味的海水，我們於是連偵察船都沒有派出就接近了未知的島嶼。

接近這座被詛咒的島——

「七號艦被巨大的海龍整個吞噬了！」

最初察覺異變的人是魔法使。

倘若當時相信對方聲稱有些古怪的提醒並立刻調查一番，或許就能避開這種哀鴻遍野的地獄般景象了。

「二號艦傳來燈號！『把我們當作擋箭牌，活下去吧！』」

「快點回覆！『這份恩情我絕對不會忘記』。」

多虧了二號艦搭載了使用火藥的爆裂彈，我們成功地脫離了被詛咒的島。

以前還嘲笑過二號艦的艦長是個懷古嗜好的笨蛋，我真想狠狠揍自己一頓。

我用大劍砍倒了跳上甲板的古海獸。

「倖存的只有本艦嗎？」

「我看到五號艦被數不清的海龍追趕著，往其他方向脫離了，不過恐怕……」

面對太過慘重的犧牲，我後悔萬分地將拳頭砸在扶手上。

不過，現在還不是懊悔的時候。

我們還不算是脫離了危機。

「魔力復活！魔力爐重新啟動成功了！」

即使是這個好消息，要放心似乎早了點。

海龍突破爆裂彈造成的黑煙後現身了。

「就算把燃料魔核用完也無妨！風魔法使！盡量呼喚強風，船帆不要破掉就好！」

「知道了！■■■……」

焦急地傾聽著風魔法使的詠唱，我一邊以軍用的雷杖牽制海龍。

儘管雷系魔法和魔法道具對於海洋魔物特別有效，但由於雷石稀少所以這支艦隊也並未搭載太多。

——還沒好嗎！

按捺著想要這麼破口大罵的心情，我用雷杖拚命攻擊海龍。

「……滿帆強風。」

風魔法使的魔法發動後，船一下子就加速了。

以魔力爐供給的魔力作為能量的強風，只要還有燃料魔核就不會停止。

就這樣，多虧同伴們寶貴的犧牲，我們九死一生地活下來了。

然而，這只不過是更進一步苦難的序章罷了。

即使脫離了封鎖魔法的海龍之島，古海獸和砲擊鰹的魚群仍繼續追趕，逃亡行動甚至一直延續至離開了海龍群島之後。

魔力爐的魔核終於用盡，支撐船前進的風魔法使也因為過勞而倒下了。

所幸在船被擊沉之前出現了暴風雨，我們得以逃離了窮追不捨的魔物們。

被砲擊轟摧殘的帆布遭到暴風雨撕裂，船最後在某座島的岩礁地帶觸礁了。

為了尋找修理船的材料和魔力爐使用的魔核，我們分乘小型的救生艇在未知的島上登陸。

◆

「島上的魔物弱了一些，真是得救了。」

「嗯，這種程度的話，就算在無法使用魔力爐的狀況下也能守住營地。」

話雖如此，半數的水手們在建立起這個營地之前就葬命於魔物和毒液了。

當時的我們根本就不知道，夜晚的海岸竟會如此危險。

「挑水雖然很辛苦，不過性命可只有一條。」

「湧水處附近也會有魔物靠近。像那種危險的地方可不能住人。」

在船上運出的食物吃完之前，得要確保用來修理船隻的木材才行，不過沒有作業專用的魔巨人幫助，要修理船底的破洞可以想見是非常困難的。

然而，我們有活下去的義務。

必須將艾姆林子爵的交易品送達，否則不光是子爵大人，我和同伴們留在故鄉的家人生活也會失去依靠。

即使是為了報答救我們的犧牲的二號艦，我們也必須返回公都。

這份決心在經過好幾個月後終於——

◆

「吉德貝爾特男爵大人！有船影！」

瞭望台傳來的報告讓我不禁要放鬆表情，但為時尚早。

「是哪國的船？」

「沒有所屬旗幟！」

是海盜嗎──

「數量呢？」

「只有一艘小型船。」

我環視部下們。

儘管數量不多，卻都是身經百戰的強者。

──我們要主動出擊搶奪船隻。

這個決定卻因為部下的後續報告而延期了。

「有追加通信！確認小型船後方跟著一艘大型帆船！還確認了希嘉王國旗和艾姆林子爵旗！」

「是子爵大人的救援部隊！」

「可以回去嘍！」

「啊啊，神啊！」

我和部下們一塊就要露出笑容，但隨即就察覺到奇怪的地方。

「等等，小型船沒有所屬旗嗎？」

「是的，都確認過了，似乎並沒有錯。」

收到偵察隊傳來的風魔法通信後，航海士變得臉色蒼白。

「大型帆船的船名已經確認──『光榮的歌手』號，是我們原本觸礁的船。」

這下沒錯了。

那些傢伙是海盜。

雖然不確定觸礁的船是怎麼復原的，但乾脆就當成對方替我們修好船送上門來吧。

「全員武裝！升起狼煙，把那些海盜吸引過來。大家一起搶下海盜船，返回公都吧！」

「「是！」」

我們迅速完成準備，移動至海盜船接近的海岸。

◆

「小型船在小灣的途中停止了嗎——」

「似乎是很多疑的海盜呢。」

若敵人分散戰力的話，姑且就當作更容易襲擊好了。

「真是奇怪呢。」

「嗯，好像把大型帆船的船員移動至小型船那邊了。」

我就這樣用望遠鏡追逐著那些傢伙的奇妙動態。

「似乎要登陸了。船上載著三個人。是黑頭髮的小伙子、金髮美女，還有紅頭髮的女人——最後那個是橙鱗族的少女呢。」

「讓女人上船嗎……看來果然是海盜沒有錯。」

倘若是正常的船員，是絕對不會讓女人上船的。

維持嚴酷且狹小的船上秩序之際，讓男女同船根本就等於自殺行為。

為了充當誘餌，我走到了沙灘上將大劍刺入地面。

手持大盾的三人和風魔法使則是擔任護衛。

海盜小伙子從小船上第一個走上了陸地。

真是個有膽量的小伙子。

服裝就像貴族一般。

或許是某個沒落貴族的後裔。

既然如此，就不是庸俗的海盜，我應該展現出面對高貴之人的禮節。

「我是希嘉王國歐尤果克公爵領的貴族。曾與魔物展開激戰而被授予赤火勳章的吉德貝爾特男爵！」

對於我的自報名號，黑髮小伙子停下了腳步。

「男爵閣下已經報出名號，接下來換你了！」

「我是希嘉王國穆諾男爵領的貴族。曾在古魯里安市擊退下級魔族而被授予蒼焰勳章的佐藤．潘德拉剛名譽士爵。」

經過風魔法使催促後，黑髮小伙子——潘德拉剛士爵回報了名號。

「——你說蒼焰勳章。」

那是在公都的勳章中最為榮耀之物。

這種看似甚至還未成年的少年居然會擁有？

「穆諾男爵領就是那個被詛咒的領地吧？」

「那種小伙子居然能擊退下級魔族？」

聽到部下們失禮的發言，我想起了自己應該做些什麼。

現在不是吃驚的時候了。

既然對方並非海盜而是希嘉王國的貴族，這時候就必須以禮交涉，拜託對方將我們送回公都才是。

「潘德拉剛勳爵。能否用你的船將我們送到歐尤果克公爵領的貿易都市蘇特安德爾呢？我們是艾姆林子爵貿易船隊的倖存者。當然，無論你希望什麼樣的回報，我們都會準備妥當的。」

「是的，當然可以。能夠發現那艘漂流中的船，想必也是某種緣分吧。」

對於我的起誓，黑髮少年當下就欣然同意。

彷彿這就是他最初過來的目的。

不，等等——

他剛才說了什麼？

「你說漂流？」

「是的，由於上面懸掛著艾姆林子爵家的紋章旗，我猜想這附近的海域應該還有倖存者，所以就一直在進行搜索。能在最後一座島上發現倖存者，真是讓我鬆了一口氣。」

我們的船應該船底破了大洞才對。

即使因暴風雨而離開了觸礁的岩石，也會很快沉沒才是。

不過，他看起來不像在說謊。

我看人的眼光是很準的。

「那麼，潘德拉剛勳爵，我們要盡快進行

出港的準備，還請稍待一下。」

我向部下們確認幾天時間可以把水準備好。

「五天，不，動員全部擁有『寶物庫（道具箱）』技能的人，三天就可以準備好了。」

可靠的部下們發下豪語，短短三天內就能從森林深處的取水處準備妥當。

面對臉上寫著想要立刻開始行動的部下們，我正準備下達許可之際，卻被潘德拉剛勳爵叫住了。

「男爵閣下，冒昧打岔，船上已經裝載了足夠航行至蘇特安德爾的淡水。」

「這……這是真的嗎！」

潘德拉剛勳爵手中拿著海圖正與航海士進行討論。

——什麼？那份詳細的海圖是？

「好……好精細的地圖。」

「而且還記載著各島的飲水處和魔物的分布啊。」

也難怪航海士們會讚不絕口。

即使是從小時候就坐船的我，也沒有看過如此精細的地圖。

「能畫出如此詳盡的地圖，原來你們已經探索過這麼多島嶼了嗎……」

實在無法估計，究竟要花費多少的時間和人手才能畫出如此的地圖。

「男爵閣下，從這裡出發，不到十天就可以抵達蘇特安德爾了。」

我同意航海士的判斷後，水手們之間就傳出了近似呼救的歡呼聲。

出港時間訂為明天早晨，靠著潘德拉剛勳爵提供的食物和酒，我們總算久違地能像個正常人一樣用餐了。

◆

「起錨！」

「起錨了——」

「「起錨了——」」

一同坐上我們「光榮的歌手」號的潘德拉剛勳爵，表情彷彿第一次看到如何駕駛帆船一般關注著水手們的工作。

雖然不知道有什麼好希罕的，但也不能因此打擾或插嘴，所以就隨對方高興了。

——那是什麼？

他的船所呈現出來的操縱技術，簡直可以稱之為奇蹟。

其出色的動作就跟從前僅目睹過一次的妖精族帆船沒有兩樣。

「潘德拉剛勳爵，你船上的水手真是厲害啊。那精湛的轉向和行雲流水般寧靜的啟航實在是相當罕見啊。」

「您過獎了。」

對於我的稱讚，潘德拉剛勳爵並未露出得意的表情。

他的外表看起來就是個少年，不過我有時甚至會懷疑他是否為跟我同歲或者更為高齡的妖精族改變外型而來的。

在這之後的航海期間，他更是讓我驚奇連連。

例如——

「這種果實很美味呢。這是什麼的果實呢？」

「這個的話，是用山樹的黃橙果實曬乾而成的哦。」

——每片拿到公都可賣到三枚銀幣的夢幻食材，居然毫不吝惜地發給水手們。

而有的時候——

「前……前方島嶼的暗處發現了疑似『岩頭飛魚』的反應！」

即使遭到能夠撞碎船隻的岩頭飛魚群也依然平靜觀望，在石槍的一擊下就解決了襲擊水手的魚群首領卻毫無炫耀其功勞的意思，僅有捏死了羽蟲一般的感想。

而且，還喜孜孜地把去除魔核後準備棄置於海中的岩頭飛魚帶回自己船上，在甲板處解體之後和同伴們舉行宴會。

最初我感到憤慨，認為對方根本就沒有正在旅行於危險海域的自覺，但不久我便察覺到自己錯了。

這對他來說根本就稱不上什麼危險。

潘德拉剛勳爵和同伴們每當遭遇魔物襲擊時，即使是小孩子也欣喜地喊著「肉～？」或者「是鹽燒喲」並主動上前迎擊。

這時我才發現，就連那麼危險的海洋魔物們，對於他和同伴們來說也只是自己送上門來的食材。

就這樣，在如此可靠的護衛保護之下，我們抵達了美麗的港口蘇特安德爾。

——啊啊，終於可以再次見到妻子和孩子了。

這份喜悅我要傳給後世的子子孫孫。

讓吟遊詩人在整個公都宣揚自然不用說，同時也要請身為藝術家的叔父認識的作家朋友寫下潘德拉剛勳爵的活躍表現。

至於標題，我想想——就訂為《潘德拉剛士爵的海龍群島航海記》好了。

嗯，等到成書後，得發放給穆諾男爵以及公都的貴族們才行。

年輕英雄的登場令我露出了笑容。

不過，這時候我還不曉得。

他已經在公都創下的奇蹟。

真想不到，竟能目睹那位羅伊德侯爵與何恩伯爵和樂融融地談論著他的光景。

真是的，簡直可以說現實比小說還要離奇了。

海龍群島，美味日記

「這叫岩頭飛魚嗎？雖然很美味，缺點就是魚刺太多了呢。」

岩頭飛魚是主人在吉德貝爾特男爵的船上觀摩後，帶回來作為禮物的魚系魔物。

其堅硬的骨頭似乎很輕巧耐用，甚至連海盜們都拿來當作盾牌使用。

「像這種程度的魚刺，亞里沙妳們應該也可以咬碎不是嗎？」

「劈啪劈啪～？」

聽了我的牢騷，莉薩一臉納悶地這麼詢問。

莉薩和小玉將岩頭飛魚帶有魚刺的厚片肉塊，像魚肉三明治一樣夾在麵包裡大口吃著。

對於可以連殼一起吃下蝦子和螃蟹的孩子們來說，應該無法理解這個問題吧？

「露露，要把魚刺拿出來哦。」

至於在大河畔經歷過魚刺卡到喉嚨的波奇，好像就會先去掉魚刺了。

雖然是拜託露露幫忙的。

「波奇，我們一起做，這樣才能學會哦！」

「是喲。」

受波奇之託的露露就像個母親一樣，教導波奇如何去除魚刺的方法。

露露將來一定會是個好母親呢。

「蜜雅，魚刺都去除完畢了——這麼告知道。」

娜娜似乎從挑魚刺的行為中找到了樂趣。

儘管面無表情，卻隱約看得出她很開心的樣子。

娜娜將堆積如山的大量白肉遞給了蜜雅。

「嗯，鮪魚沙拉。」

蜜雅從瓶子裡倒出許多美乃滋淋在白肉上，然後反覆搓揉著。

討厭吃肉的蜜雅，只要將白肉加上美乃滋的話似乎就吃得下了。

「蜜雅，岩頭飛魚可不是鮪魚哦！」

「姆，沒問題。」

面對我的指謫，蜜雅不斷搖著腦袋，綁成雙馬尾的頭髮像鞭子一樣襲向主人。

「果然，這片海域似乎沒有鮪魚的樣子。」

絲毫不在意被蜜雅的頭髮命中臉部，主人有些傷心地這麼告知。

抓住這個絕佳的表現機會，我吞下口中的食物一邊站了起來。

不過──

「主人！是海鳥群！請允許戰鬥！」

「哦，今天的晚餐就吃烤鳥肉或炸鳥排吧。」

──莉薩的報告讓主人起身，使得原本打算像母親一般抱住主人腦袋的我，雙手撲了個空。

嘖！不解風情的可惡海鳥！

對於劃破海面向上飛來的海鷗般海鳥們，我用雷杖將其一網打盡作為洩憤。

「亞里沙，太精彩了。」

「Good job～？」

「非常厲害喲！」

見到回收海鳥之後的主人轉向這邊，我便朝著心愛的主人開口了：

「還要追加烤鳥肉蓋飯！」

當然，上面要鋪著切碎的海苔哦！

瞭望台的幸福

「海～？」

水、水、水。

無論往右或往左看，都是一望無際的水。

這就是大海。

帶有腥味的鹹鹹水花飛了過來。

如果是水，還是甘甜的水比較好。

「喵～？」

小玉在瞭望台的籃子上面大大伸了懶腰。

青、蒼、碧。

大海和天空都是藍色的。

彷彿就這樣融入其中。

「雲～？」

天上也漂浮著朵朵白雲。

那個雲就像漫畫肉一樣。

那邊是漢堡排的雲，還有雞肉串雲。

「肚子餓～？」

這麼想像著，肚子也開始餓了。

小玉閉上眼，等待肚子不會咕嚕叫為止。

嗅嗅，好香的味道。

總覺得是很幸福的香味。

一口咬下去後，肉的美味充滿整個嘴裡。

「唉呀呀……喲。」

「喵？」

張開眼睛後，眼前就是波奇。

剛才的肉味，好像是波奇拿出來放在鼻尖處的肉乾。

「好吃～？」

「系！肉乾總是非常美味喲！」

這個味道應該「放屁狼」的肉乾。

「美味美味～？」

眺望藍色的大海和天空，一邊跟波奇吃著肉乾真是太棒了。

伴隨著帆船的搖晃，小玉細細品味口中的幸福～

★★★
全新撰稿
《莉薩的老朋友》
★★★
愛七ひろ
Illustration◆shri

「這麼說，最後只剩下找到肯幫學習卡片繪製圖畫的畫家了呢。」

「唉呀——這才是最累人的哦。」

我和莉薩走在市場裡，正為了從聖留市啟程而進行準備之際，恰好遇到了之前在跳蚤市場裡販賣學習卡片的青年商人。

對方已經在預算之內找到了願意加工木板的工匠和適合製作學習卡片的木材，接下來似乎正在尋找可用一枚銀幣繪製插畫的畫家。

「有畫家表示開出兩枚銀幣的報酬就肯承接，不過這樣一來就不划算了哦。」

每一百張插畫支付一枚銀幣——對方表示遲遲找不到願意用這二十五枚銅幣來繪製的怪胎畫家。

「請公會幫忙介紹的人選全都找過了，真不知道接下來該怎麼辦才好……」

青年頂著彷彿被拋棄的小狗表情一籌莫展道。

要是有門路的話我自然很想幫忙介紹——對了。

「你知道門前廣場的萬事通屋嗎？萬事通屋的娜迪小姐人面很廣，說不定可以幫忙介紹畫家哦。」

「原來還有這種店家！謝謝您，我去一趟看看！」

表情豁然開朗的青年興沖沖地跑掉了。

「唉呀？」

青年離去之後忽然有種格格不入的感覺。

剛剛才在一起的莉薩居然不見了。

回頭一看，只見她正佇立在路中央注視著小巷子。

不同於熱鬧的大街，小巷裡的行人相當稀疏。

「莉薩，怎麼了嗎？」

「──主人，真是不好意思。我沒什麼。」

如此回答的莉薩，表情看起來卻不是這麼回事。

或許是錯覺，她的肩膀和手臂前方身為橙鱗族特徵的朱紅色鱗片顯得有些黯淡。

總是很有活力的尾巴也無力地垂在地上。

「倘若不是很難啟齒的事情就說說看吧？」

我這麼鼓勵後，莉薩才低聲喃喃道：「我看到一個很像是以前認識的人。」

據她所言，對方很像她在前主人那裡一起生活過的奴隸同伴。

「今天的行程已經結束，所以想見面的話就去見見對方吧。」

「不，是我認錯人了。」

莉薩這麼說完後搖搖頭，邁出原本停下的步伐。

「跟妳以前要好的人很像嗎？」

「是的，那個地方只有我們亞人奴隸相互扶持才能活下來……」

真是相當嚴酷的環境。

不過，既然在那種環境裡一起生活過，也難怪會在意對方的近況了。

「那些人的主人也是伍斯嗎？」

暴動事件中所遇到的莉薩她們的前主人伍斯，已經被魔族占據身體而死亡了。

「不，包括我們在內，原本的主人都是伍斯所屬團體的領頭人。我們只是從領頭人那裡被轉讓給伍斯罷了。」

原來如此，記得伍斯應該是隸屬於名為「溝鼠」的公會才對。

「這麼說，她們還在相同的場所生活嗎？」

「是的，恐怕是。」

莉薩點頭肯定了我的問題。

「先把這些行李搬到旅館，我們一起過去造訪看看好了。」

畢竟「溝鼠」感覺很像是犯罪公會，況且莉薩認識的人既然疑似被虐待，或許就需要某種改善待遇的對策了。

雖然很可能會被拒絕會面，但屆時我就打算藉助「贈賄」技能和「交涉」技能。

「真的可以嗎？」

「嗯嗯，當然了。」

見到莉薩表情愧疚地這麼詢問，我於是笑著點頭。

在返回旅館的途中，我順便打聽了那些人的事情。

奴隸進出的數量比想像中還要多，除了經常出現暱稱的「熊姊姊」和「抱著嬰兒的豹媽媽」以外，其他人至今都無法掌握清楚。

「啊——！是那些人。」

「真的耶！」

回到門前廣場的時候，我聽到了口齒不清卻令人熟悉的聲音。

往聲音的來源掃視目光後，只見犬人和貓人的孩子們很有精神地朝著這邊揮手。

那種布偶般的可愛容貌令我感到眼熟。

是我之前贈送烤雞肉串的孩子們。

由於周圍沒有看似家長的人物，我便將行李交給莉薩先行搬入，自己走近了那裡。

「今天只有你們幾個出來跑腿嗎？」

「不是哦。」

「要去郊外採野草。」

「陪主人一起。」

我這麼輕聲詢問後，孩子們很有活力地一塊回答。

「吵死了。要是吵吵鬧鬧的，被奇怪的傢伙盯上我可不管啊！」

在正門處和騎士索恩交談、名為尤娜的人族老婆婆忽然對孩子們這麼喝道。

那位老婆婆似乎就是孩子們的主人了。

「對不起。」

「請原諒我們。」

遭到責罵的孩子們向老婆婆道歉。

「你是誰啊？」

老婆婆雙手扠腰氣呼呼地俯視孩子們，在察覺到我的存在後這麼盤問道。

「初次見面，我是個旅行商人，名叫佐藤。」

我向老婆婆打了招呼。

「你找這些孩子做什麼？」

老婆婆整個人擋在了我和孩子們之間。

感覺就好像在保護孩子們一樣。

「主人！」

後方傳來了夾雜許多氣音的聲音。

聲音的來源——長毛鼠人女性衝到老婆婆的身邊，彷彿保護她一般伸出了手臂。另一隻手則是按在腰部懸掛的柴刀刀柄上。

「等一下。」

「不是的。」

「這個人是好人。」

老婆婆身後的孩子們拚命強調著。

聽孩子們提起烤雞肉串和肉乾的事情後，老婆婆這才放鬆了肩膀。

「啊啊，你就是小鬼們提到的那個人啊——」

說畢，她讓戒備的長毛鼠人退了下去。

「真是的，居然多管閒事。」

老婆婆滿是皺紋的臉上泛著苦色。

「這個人不是壞人。」

「是好人。」

「你們給我閉嘴！」

對於轉而替我說話的孩子們，老婆婆大喝一聲。

「枉費我狠下心來一直在教導這些孩子，遇到人族要提高戒心啊。」

「為何要這麼做？」

「因為對這些亞人孩子來說，這裡的人實在太殘忍了。」

我的腦中接連浮現出在聖留市裡遇見的那些討厭獸人之人的面孔。

的確，要是隨便靠近，好一點是被毆打，最差的話搞不好會像江戶時代的無禮討那樣丟了性命。

老婆婆似乎是為了提防這一點，所以正在教育孩子們吧。

「這下知道了吧？」

「是的，真是不好意思。我似乎太輕率了。」

「你……你還挺老實的嘛……」

我開口道歉後，老婆婆露出了錯愕的表情。

「算了，下次雞婆的時候多少顧慮一下吧。還有，就算看到這些孩子也不要親切對待哦？知道了吧。」

面對這麼叮嚀的老婆婆，我一臉坦率地點點頭。

「——當時我也在場，真是美味的烤雞肉串和肉乾呢。」

老婆婆臨走時這麼得意地告知，便帶著長毛鼠人和孩子們往都市外闊步走去了。

犬人和貓人的孩子們數度回頭朝著我揮手。

看起來就像是布偶一樣，真是可愛。

「嘖！是怪老太婆的奴隸嗎。」

「真是的，搞得門前都是獸人的臭味。」

與老婆婆她們擦身而過，推著手推車進來的農民們在咂舌的同時這麼小聲罵道。

即使是屬於個人喜好的問題，親耳聽到明顯的歧視性發言還是覺得很不舒服。

儘管像我這樣的局外人沒有資格插嘴就是了。

「呃！」

「啊，喂，快走！」

和我對上目光的農民們彷彿受驚嚇般離去了。

搞不好是目光中帶上了「威迫」技能的緣故。

「——人種歧視嗎？」

雖然原來的世界裡也有，不過在人種差異甚鉅的異世界當中或許更加根深蒂固了吧。

「主人，讓您久等了。」

當老婆婆一行人消失在都市外可見的樹林裡之際，放下行李的莉薩回來了。

推著手推車的農民們也已經不在視野之內。

「久等～？」

「是喲！」

不知為何，小玉和波奇也一併跟著。

「真是對不起。我不小心透露了要去見以前的奴隸同伴……」

我望向莉薩後，她做出了這樣的回答。

「不用道歉哦。我們一起去吧。」

我對莉薩她們微微一笑，允許了兩人的同行。

「不要緊～？」

「肚子會痛喲？」

小玉和波奇憂心地仰望著我。

剛才發生的歧視性插曲，似乎讓我的心情有些低落了。

「痛痛的～？」

「快飛走——喲。」

見到兩人賣力的模樣，我的心裡變得相當溫暖。

「謝謝。多虧妳們兩人，我已經好多了哦。」

我這麼道謝後撫摸兩人的腦袋。

「倘若您覺得不舒服，還是不要勉強去探望——」

莉薩貼心地這麼說道。

居然讓被保護者替自己操心，真是個失敗的家長呢。

「我已經沒事了哦。」

——好！

我打起精神，露出笑容來。

「那麼，我們走吧。莉薩，麻煩妳帶路。」

「是的，知道了。」

就這樣，在莉薩的領頭之下，我們動身前往位於西街的公會「溝鼠」。

◆

「這條路還是老樣子呢。」

在西街錯綜複雜的巷道內，據說就存在著公會「溝鼠」的據點。

正如莉薩所嘟噥的那樣，在快要倒塌的破屋及草叢的暗處，隱約都可見到用陰沉目光打量這邊的壞人。

「亮晶晶～？」

「比平常恐怖了一點喲。」

小玉和波奇不安地警戒著周圍。

我想，大概是把穿著體面的我們當成了好宰的羔羊吧。

「喲，兄弟！你看起來挺有錢的嘛。」

一個完全就是混混打扮的男人輕挑地抓住我的肩膀。

話說對方的身上很臭，真希望他不要隨便進行肢體接觸呢。

對於看似態度友好的混混男，莉薩似乎也猶豫著要不要教訓對方。

「有什麼事嗎？」

「你應該很明白吧？快把身上的錢拿出來。」

混混男用藏在手中的刀子抵住我的喉嚨。

——果然沒錯。

「這個恕難從命哦。」

「啊啊？你這傢伙居然敢說這種話，知道自己現在是什麼狀況嗎？」

看似混混男同伴的一群無法之徒從暗處現身了。

莉薩見狀後舉起槍，小玉和波奇則是發出真正野獸般的威嚇聲。

「當然了。」

我用手指捏住混混男手中的刀子。

儘管混混男用力想要將刀子貼在我的喉嚨上，但卻是文風不動。

我和他的力量值完全不同，所以這也是理所當然的。

「把刀子對著別人是很危險的哦。」

我奪走刀子，丟到了混混男的腳邊。

或許是力量有些控制得不好，連同刀柄整個都沒入地面了。

「你這傢伙，竟敢瞧不起人！你們幾個，把小鬼們也一起收拾掉！」

混混男這麼大叫後，無法之徒們便朝著獸娘們撲去。

「波奇不會輕輕鬆鬆就被抓到哦——」

「飄來飄去～？」

小玉和波奇躲開了無法之徒們的攻擊。

「主人——」

面對不斷揮動柴刀和短劍的無法之徒們，莉薩用包裹著布的長槍閃躲著一邊向我請示。

——反擊沒關係嗎？

「可以給予迎頭痛擊了哦。」

「你這看不起人的傢伙！」

我這麼開口後，詞彙量很少的混混男拔出了腰上掛著的柴刀向我襲來。

「竟敢對主人無禮。」

莉薩用包著布的長槍輕鬆架開了混混男的柴刀。

「別來礙事！妳這個雜種！」

男人這麼辱罵莉薩。

「剛才那句話是對我的同伴說的嗎？」

我笑盈盈地使出一記前踢。

當然，已經完全控制好力道了。

畢竟要是沒有節制，對方就會變成絞肉了呢。

混混男中途沒有落地，直接被擊飛出去好幾公尺，撞碎了堆在巷子裡的木箱。儘管流著血昏了過去，不過人還活著而且又沒有骨折，所以放著不管應該無妨吧。

「不……不會吧？喂。」

見到看似帶頭人的混混男如此悽慘的下場，無法之徒們開始退縮了。

「那麼，想衝進木箱裡的人就說一聲吧。我現在可以提供和他相同的體驗哦？」

我和善地這麼詢問，但卻沒有自告奮勇的人。

「既然如此，可以把那邊的混混回收之後趕快給我消失嗎？」

經我這麼告知後，無法之徒們便拖著混混男連滾帶爬地逃掉了。

＞獲得技能「恫嚇」。

「真是個聳動的地方呢。」

沒想到城鎮裡會突然冒出武裝強盜。

我透過萬納背包從儲倉裡取出小玉和波奇的小劍，讓兩人裝備好。

我自己也裝備了細劍作為嚇阻小混混之用。

「在我允許之前不要拔出來哦。」

「系！」

「是喲！」

將小劍插在腰上的小玉和波奇用「咻答」的動作向我點頭。

在這之後，我們又兩度被奇怪的傢伙纏上，但用不著我出馬就被莉薩壓制了。

「——就在這附近嗎？」

「是的，過那個轉角就能看見了。」

按照莉薩所言前進後，漸漸可以看到目的地了。

「奇怪～？」

「好像跟平常不一樣喲。」

正如小玉和波奇傾頭納悶的那樣，公會「溝鼠」的據點變得就像個廢棄的房子。

儘管有人居住，但根據AR顯示的詳細情報，可得知那是擅自入住的流浪漢。

「喂，那幾個人。」

這個幾近恫嚇般帶著威迫性口吻的呼喊聲，意外地來自於巡邏中的聖留市衛兵們。

他們對武裝的獸娘們投以不善的目光，但在告知是我的護衛後就立刻收起了敵意。

「然後呢？你來這裡有事嗎？」

「是的，我是過來看看原本待在這裡的獸人奴隸們——不過看來好像已經搬遷了，有點一籌莫展呢。」

「如果是溝鼠的成員，早就因為將魔族引入都市內的叛逆罪而被處決了啊。」

「你們難道沒有去參觀公開處決嗎？」

——呃呃！

真是個充滿暴力的世界。

「其中也包括隸屬於溝鼠的奴隸們嗎？」

「不，奴隸在做完筆錄後，應該就被賣給奴隸商人了。」

「知道是哪裡的奴隸商人嗎？」

「我幹麼告訴你們——」

就在衛兵很不耐煩地準備趕人之際，我從儲倉裡取出銀幣交在對方手中。

「——哼，就在伊洛德大道的莫斯店舖。」

將銀幣收進懷裡的衛兵這麼告知後便離去了。

我揮手目送他們離開，然後透過地圖找出了對方告知的奴隸商人位置。

似乎就在距離這裡不遠的地方。

「如果是要情色方面的性奴隸，就去找主要大道的店家吧。」

按照衛兵的消息，我們造訪了伊洛德大道的「莫斯店鋪」，卻突然被奴隸商人莫斯先生告知了這麼一番話。

◆

我看起來那麼像個好色男人嗎？

「是衛兵先生介紹我來這家店的哦。」

「啊啊？衛兵？」

莫斯先生疑惑地瞪向這邊。

「我們這裡只有因生病之類情況特殊的人族，或是快被送去礦山的亞人奴隸哦？」

正如他所言，這家店的奴隸無論男女都是罹患了性病的人族比較多。

「啊啊，莫非你是來賣掉這些傢伙的嗎？」

產生誤會的莫斯先生語出驚人地說道。

「不……不要拋棄小玉～」

「不可以拋棄波奇喲。」

小玉和波奇把莫斯先生的話當真，哭著抱住了我的腰部。

「主……主人……」

不知為何，莉薩也露出不安的表情。

事到如今我根本無意拋棄妳們哦。

「我並不打算拋棄這些孩子。」

撫摸著小玉和波奇的腦袋，我一邊投以微笑讓莉薩放心。

「我們過來是準備購買幾名亞人奴隸的。」

我這麼告知後，請對方在內部的房間展示亞人奴隸。

「熊！」

「是豹人姊姊喲！」

見到走進房間的奴隸們，小玉和波奇立刻跳下椅子大聲叫道。

看樣子，她們就和獸娘們的初期名稱一樣，都是被賦予了「熊」或「豹」之類的動物名。

「貓和犬？」

「還有蜥蜴！」

被叫到的熊人和豹頭族女性，用難以辨認的聲音喊出了獸娘們以前的名字。

熊人女性的模樣是一頭直立的熊，但豹頭族女性卻是僅有豹頭，脖子以下則是和人族沒有什麼兩樣。但至少還像豹子一樣附有尾巴。

她們所說的話直接聽起來很難辨別，乾脆就在腦中自行修正好了。

「小玉是小玉～？」

「波奇被主人命名為波奇了喲！」

「我已經承蒙主人命名為莉薩。」

獸娘們向熊人和豹頭族女性告知了現在的名字。

總覺得她們很自豪的樣子。

「原來如此，你在找這些奴隸的朋友啊？」

莫斯先生露出令人討厭的笑容舔著舌頭。

對方恐怕打算狠狠地敲詐一筆吧。

「這些女孩要被送去礦山嗎？」

「嗯嗯，要是你沒買走的話就會成真了。」

這個世界的礦山不同於現代地球的礦山，是礦工折損率相當高的嚴酷職場。

不僅如此，像她們這樣的獸人奴隸，應該會被派遣至最危險的地方吧。

站在我的立場雖然不需要奴隸，但也無意眼睜睜地看著獸娘們的朋友遭受折磨，所以便決定買下兩人。

「兩個人我最多出兩枚金幣吧。」

搶在對方抬價之前，我先試著提出了市場行情技能所示的上限價格。

要被送去礦山的奴隸相當賤價，所以這個金額應該已經有足夠的利潤了才對。

「兩個人十枚金幣。」

「哄抬得太厲害了。還有，那個豹頭族女人應該有個小孩。包括孩子在內，我出三枚金幣。」

對方果不其然地提高價格，我於是撤回客氣的口吻與莫斯先生展開交涉。

「連同小鬼在內五枚金幣。」

「知道了。如果是包含那兩人以及小孩子的重新契約和命名手續費，我就出五枚金幣吧。」

「好耶——成交！」

就這樣，我買下豹頭族母子和熊人，然後請人把熊和豹的名字改成她們所希望的名字。

熊人是亞貝，豹頭族母親是奇塔，嬰兒則是蘇伊。

她們身上只穿著破布一般的貫頭衣，所以我請店裡的傭人前去購買了合適的衣服及鞋子。

「奇怪～？」

「沒有鼠喲？」

小玉和波奇突然想到般詢問道。

「啊啊，那孩子已經被賣掉了。」

「可惜～」

「不能在一起喲。」

聽到熊人亞貝的回答，小玉和波奇都很失望。

根據莉薩她們的解釋，另外好像還有個長毛鼠人族的女性。

我試著搜尋地圖，但聖留伯爵領內似乎並不存在符合「鼠」這個名字的人。

恐怕是被他國或他領的人買走了吧。

「不要緊，那個孩子相當幸運。」

豹頭奇塔彷彿安慰獸娘們一般這麼告知。

「嗯，是啊。雖然是個吝嗇乖僻的老太婆，卻不會對奴隸無端使用暴力啊。」

滿臉紅光地數著金幣的莫斯先生，透露了是什麼樣的人買下了「鼠」。

聽了這番話，莉薩等人放心地呼出一口氣。

「——買回來了。」

這時候，店鋪傭人抱著鞋子和衣服回來了。

另外儘管有些破舊，但也一併買來了可以遮掩外貌的外套。

「謝謝你，真是幫了大忙。」

我感謝對方周到的服務，然後給了他比行情多一些的小費。

在等待豹頭奇塔和熊人亞貝更衣的期間，我稍微思考了一下。

那麼，該如何是好呢——

儘管很順手地收容了兩人，但要帶著嬰兒搭乘馬車長途旅行恐怕很困難吧。

倘若有親人的話倒是能讓她們脫離奴隸階級，不過稍微訪談後，發現這兩人似乎沒有任何親人或是可以投靠的對象。

「主人——」

莉薩忐忑地呼喚道。

好像已經換完衣服了。

「那麼我們走吧。」

這麼出聲後，我打定主意前往門前旅館——不，是萬事通屋。

亞里沙正和露露採購當中，潔娜好像也在工作，所以我決定去拜託娜迪小姐。

◆

「——我要進去！」

來到萬事通屋的前方之際，正門的方向忽然傳來令我熟悉的呼喚聲。

「奇怪～？」

「那個孩子認識喲！」

小玉和波奇指向了正門。

在那裡，被門衛冷淡拒絕的正是今天早上才剛遇到的犬人小孩。

根據ＡＲ顯示，似乎是個名叫哈伍哈的男孩。

「啊！」

「不好了喲！」

見到哈伍哈被門衛推倒，小玉和波奇都跑向了正門。

我也跟著追上兩人。

「不要緊~？」

「有沒有受傷喲？」

小玉和波奇確認哈伍哈的狀況。

「啊！請救救大家。」

一見到我，哈伍哈就彷彿抓到救命稻草一般地求救。

「喂，要是認識這傢伙，就趕快把人帶走吧。」

門衛很不耐煩地揮揮手。

我們將哈伍哈帶到了距離稍遠的場所。

儘管之前才剛被老婆婆警告不要隨便靠近孩子們，但對方的反應明顯很不尋常，所以我決定拋開自我約束聽聽他怎麼說。

「怎麼了嗎？」

「獨眼虎出現了。大家有危險了。」

原來如此，是在採集野草的途中遇到了老虎嗎？

我打開地圖搜尋老虎。

似乎就棲息在以東側山區為中心的地帶。

「不好了！片目出現在東邊森林裡了！」

「你說片目！是那隻食人虎嗎！」

「居然在這麼近的森林裡？那傢伙應該棲息在東邊的山裡才對！」

「所以我們才過來通知啊！」

彷彿說明性台詞一般這麼大叫的，是從外頭回來的獵人雙人組以及剛才的門衛。

我試著對東邊森林進行地圖搜尋。

——找到了。

是擁有「片目」這個固有名的十級老虎。

其附近有貓人和犬人小孩，但都躲在樹上避難中。記憶中老虎好像會爬樹，不過片目似乎就不擅長爬樹了。

至於一同在場的人族老婆婆和長毛鼠人族女性，則似乎鑽進了巨石底下的縫隙裡逃過了一劫。

「索恩大人不在嗎？」

「說什麼臨盆的老婆快要生產就回去了。」

「怎麼挑在這種時候！」

順風耳技能捕捉到了士兵們的這些對話。

不不，這又不是戰時，既然老婆快生孩子的話當然要回去吧。

「再等一下，接替的騎士大人應該會過來才是。」

如今駐守在正門的士兵們等級並不高。

要交給他們處理想必很困難吧。

然而，從她們和片目的光點動態來看，無法保證接下來會一直平安無事。

「還是過去救人吧。你可以帶路嗎？」

「系！可以。」

告知莉薩「我過去營救一趟」後，我便將犬人小孩抱在手臂下方跑了出去。

不知為何，莉薩她們和獸人亞貝以及豹頭奇塔也一起跟來了。

再怎麼說帶著嬰兒也太危險，所以我命令豹頭奇塔母子在正門前待命。

「呼……呼……等等我。」

熊人亞貝開始慢下來了。

比想像中還要缺乏精力。

「小玉、波奇，你們跟她一起稍後再過來。」

「系～」

「是喲。」

小玉和波奇有些不滿。

她們剛才還盡情地奔馳在草原上而相當開心，所以這種反應也是在所難免的。

「哇啊啊啊，犬？貓？」

「不是貓，是小玉～？」

「不是犬，是波奇喲？」

小玉和波奇兩人，直接扛著大塊頭熊人亞貝跑了過來。

真是愛亂來。

「小玉、波奇，換人吧。莉薩，這孩子交給妳了。」

我將犬人小孩交給莉薩，自己背上熊人亞貝跑了出去。

熊人亞貝似乎有些惶恐，不過我仍為了優先營救被片目襲擊的人們而穿越原野，衝進了東邊樹林。

◆

「找到了～」

「危險很危險喲！」

小玉和波奇發現了食人虎片目。

牠似乎正不斷挖掘著老婆婆和長毛鼠人族女性躲藏的巨石下方，以開闢可讓身體鑽入的空隙。

「是……是老虎。」

見到片目的犬人小孩在莉薩的懷裡驚慌道。

「好……好大，那是什麼？真的是老虎嗎？」

我背上的熊人亞貝發出了膽怯的聲音。

的確，比起在動物園見到的老虎大了一倍左右。

「是啊——小玉、波奇，排除老虎吧！」

「系系～」

「收到喲。」

小玉和波奇撿拾腳下的石頭。

「等……等等，主人！這些孩子辦不到的！我跟蜥蜴負責應付，讓她們回來吧。」

熊人亞貝在我的背上這麼掙扎道。

「不用擔心。」

「怎麼能夠不擔心呢！」

「這些孩子沒問題的。還有，我的名字叫莉薩。請不要忘記了。」

對於難以接受的熊人亞貝，莉薩做出了不用擔心的保證。

當著正準備反駁的熊人亞貝面前，小玉和波奇朝著片目丟出石頭。

「命中～？」

「很大的肉過來這裡了喲。」

面對發出痛苦呻吟後襲來的片目，小玉和波奇以腰間的小劍挺身對抗。

今天由於並未裝備盾牌的緣故，她們看起來打得有些彆扭。

考慮到萬一的可能性，我偷偷從儲倉取出前端尖銳的小石子以便可以隨時排除掉對方。

只要情況不對，我就會用這個小石子將片目抹殺。

「不……不會吧？那兩個愛哭鬼，居然敢正面和食人虎戰鬥？」

「好厲害。」

目睹兩人的戰鬥過程，熊人亞貝和犬人小孩都睜大眼睛訝異道。

實在是很令人愉快的反應。

「莉薩，去幫她們吧。」

「知道了。」

身旁的莉薩一副躍躍欲試的樣子，於是我接過了犬人小孩並允許她參戰。

「主人，那究竟是……」

「她們三人，都在魔族引發的迷宮騷動裡變強了哦。」

我這麼回答忐忑詢問的熊人亞貝。

「這三個人一定都很努力呢。」

「嗯嗯，是啊。」

對於自豪奴隸同伴成長的熊人亞貝，我點點頭表示深有同感。

就在這段期間，片目被小玉和波奇的小劍所傷，進而遭到莉薩的長槍造成重傷後開始逃走了。

——休想跑掉哦！

我用手中的小石子，從老虎毫無防備暴露的側面擊穿了心臟。

腳步踉蹌的老虎，整個衝進草叢裡停止了動作。

「……奇……奇怪？老……老虎呢？」

「打倒了？死掉了嗎？」

熊人亞貝和犬人小孩似乎看不到我的投石動作。

確認老虎死亡後，莉薩前來向我報告。

「啊～鼠～」

「貓？犬？還有蜥蜴！妳們怎麼會來這種地方？」

「好久不見了。」

從巨石下方爬出來的長毛鼠人族女性正在和獸娘們親切地交談。

看來是她們的熟人。

「我現在的名字是凱米。今後請叫我凱米吧。」

「小玉是小玉～」

「波奇也讓主人命名為波奇了喲。」

「我也獲得了莉薩這個名字。」

見到互報名字的四人，我頓時理解了。

這個長毛鼠人凱米，好像就是她們當中先被買走的奴隸同伴。

「凱米！快把我拉出來！」

巨石下方傳出老婆婆的呼喚聲。

我將現場交給獸娘們，自己靠著雷達顯示前往回收在樹上避難的孩子們。

「找到了！在那裡！」

一起帶來的犬人孩子這麼叫道。

察覺這個聲音後，孩子們大動作揮著手。

「主人和凱米——」

「把老虎引走了。」

「請救救主人。」

「拜託。」

樹上的犬人和貓人小孩懇求我營救主人和長毛鼠人而非他們自己。

真是一群善良的孩子。

「快下來吧，那邊已經先救援完畢了，不用擔心哦。」

我這麼出聲後，孩子們便爬下了樹木。

——哦？

唯獨還有一名貓人小孩沒爬下來。

「喵伊，怎麼了？」

「下不來？」

「不用怕哦。」

即使孩子們呼喚，對方也只是在發抖。

看樣子，他好像因為害怕而不敢下來。

我將樹幹當作牆壁，以三角跳的要領跳向樹枝。

然後再從那裡懸垂爬上樹枝，朝著貓人小孩伸出一隻手。

「來，快下來吧。」

「系……」

抱著拚命抓住手臂孩子，我回到了地面。

由於膽怯的貓人小孩下意識伸出了爪子，實在是有點疼痛。

「好厲害——」

「真靈活——」

目睹我的身手，孩子們紛紛出言稱讚。

帶著孩子們返回之際，老婆婆正在讓長毛鼠人米凱幫忙按摩腰部。

根據ＡＲ顯示，似乎是腰部拉傷了。

「——還以為是誰救了我們，原來是你啊。」

「是的，因為這孩子拜託我來救人。」

「真是個濫好人。」

「不好意思，我就是這種個性。」

儘管還是辜負了她的忠告，但倘若再次遇到相同的情況，我想必還是會跑去救人吧。

「謝啦。話說這位恩人叫什麼名字？」

之前已經報過名字，看來她好像不記得了。

「我是旅行商人，名叫佐藤。」

「旅行商人？」

老婆婆聽到我的職業後驚訝道。

「你入錯行了啊——先不說這個了，謝謝你，佐藤。我叫尤娜。認識的人都叫我尤娜婆婆。你也這麼稱呼我吧。」

尤娜婆婆再一次親口向我道謝。

「主人，準備好要移動了。」

莉薩帶著燦爛的笑容向我報告。

已經放完血的老虎好像要被獸娘們捆在棍子上扛著移動。

「真是一群很有力氣的奴隸呢。」

「是的，那些孩子都在迷宮裡鍛鍊過了。」

「原來如此，是迷宮騷動的倖存者嗎……」

尤娜婆婆似乎知道迷宮騷動的事情。

我於是背著她，返回了聖留市。

◆

「好大的獵物啊……」

「獨……獨眼的老虎？」

「難道是片目嗎？」

回到聖留市的正門之際，見到我們扛著巨大老虎的門衛都騷動起來。

騎著馬的騎士索恩和工兵們正聚集在那裡。

「是你們打倒的嗎？」

騎士索恩騎在馬上往這邊靠近。

守門的士兵說過她的老婆即將生產，如今回到這裡莫非代表孩子還沒出生嗎？

「是的，誤打誤撞之下。」

我並未明說是自己打倒的，而是向騎士索恩暗示著我們運氣好才擊敗了對方。

「嗯？你跟馬利安泰魯的千金不是戀人關係嗎？」

對於騎士索恩的誤會，我事先訂正道：「潔娜是我的朋友。」

畢竟要是出現奇怪的傳聞，對潔娜的結婚活動造成不良影響就傷腦筋了呢。

「這頭食人虎設有懸賞金。大約十枚銀幣左右，稍後過去領取吧。」

對我這麼告知後，騎士索恩便向其他的士兵們下達解散命令。

剛才的一整隊人馬似乎就是片目的討伐部隊了。

我們進門之後稍做歇息。

或許是疲勞湧現，除了獸娘們和我背負的尤娜婆婆，其他人都當場坐下來一副疲憊不堪的樣子。

「鼠！」

「嗯？——豹！」

留下來待命的豹頭奇塔開心地與長毛鼠人凱米重逢。

「唉呀，佐藤先生。」

「獵殺老虎？」

這時揮著手走過來的，正是萬事通屋的娜迪小姐和精靈店長尤亞先生。

「是的，情勢所逼。話說回來，我有點事情想要商量——」

他們來得正好，我便試著詢問娜迪小姐有沒有地方能收留熊人亞貝和豹頭奇塔母子。

「真是的，好一個走一步算一步小伙子呢。」

尤娜婆婆挖苦道。

「在下無地自容。」

因為我順著情勢就買下他們也是事實，所以無法反駁她。

「既然如此，就讓我來照顧她們吧。」

尤娜婆婆提出了令人意外的建議。

或許是錯覺，這個人該不會才是比我更嚴重的濫好人吧？

「這樣方便嗎？」

看似力氣頗大的熊人亞貝還好說，但一併照顧帶著嬰兒的豹頭奇塔母子，真的沒問題？

「哼，反正是凱米的朋友吧？起碼這些傢伙的吃飯錢我還有辦法。」

「那麼，養育費——不對呢。就當作是慰撫費，請收下這個——」

「啊！少看不起人了。」

我將裝有約二十枚金幣的袋子交給對方，尤娜婆婆卻是一臉憤怒地撥開我的手。

看樣子，我似乎傷了她的自尊。

「做出了失禮的舉動，真是對不起。」

我向尤娜婆婆低頭道歉。

剛才的錢就先寄放在娜迪小姐那裡，拜託對方等到尤娜婆婆有困難的時候再借她好了。

隔天——

我和尤娜婆婆帶著熊人亞貝和豹頭奇塔母子造訪奴隸商館，將三人的所有權轉移給尤娜婆婆。

昨天的老虎則是找了專家幫忙解體，至於其中的毛皮被聽聞片目討伐的商人高價收購了。

明明是有許多傷痕的毛皮，賣出的高價卻足以支付昨天在奴隸商館的費用，真是讓我嚇了一跳。

另外，虎肉的筋很多所以不適合食用，不過尤娜婆婆卻莫名地冒出一句「不要的話就給我」，於是就送給她了。

「肉、肉、肉～？」

「是肉喲——」

帶著開心地扛起腿肉的小玉和波奇，我們前往位於西街一角的尤娜婆婆家中。

想不到還挺近的。就在解體所的後方。

約五十坪長滿雜草的土地上，蓋了一棟建坪二十左右的平房。

「凱米！妳切一下今天晚餐要用的肉，剩下的就拿來煙燻。」

「既然如此我來做吧。」

豹頭奇塔儘管沒有技能，卻似乎很擅長烹飪。

「主人，我也可以幫忙嗎？」

「嗯嗯，無妨哦。」

莉薩也表示想幫忙，我於是同意了。

尤娜婆婆一打開門，大門就發出嘎嘎的聲響。

說得好聽一點，真是相當殘破的屋子。

「還發什麼呆，快跟上來吧。」

我們在尤娜婆婆的催促下進入家中。

除了看似廚房的爐灶和圍爐裏，頂多就只有堆放在泥地角落的席子而已。

天花板似乎破了洞，射入的陽光照耀著室內的灰塵。

「這邊。」

難以辨認的場所有一道門，尤娜婆婆招待我們來到位於內部的私人房間。

裡面有桌椅，還有一張上面堆滿雜貨的床鋪。

「■■■　沸騰。」

尤娜婆婆用生活魔法燒開水。

要讓小茶壺裡的水沸騰，似乎得花上相當長的時間。

就在尤娜婆婆的魔力計量表快要枯竭之際，水終於滾了。

「快喝吧。」

「謝謝您。」

這是萬事通屋的娜迪小姐同樣也會端出的香草茶。

實在是相當好喝。

「昨天真是得救了。那些孩子沒被老虎吃掉，都是你的功勞。」

消滅老虎後的當下已經獲得對方道謝，如今尤娜婆婆卻再次表達了謝意。

「主要是因為有哈伍哈跑來找人幫忙哦。」

我列舉了前來找我們的犬人小孩並出言稱讚，同時從尤娜婆婆那裡打聽到了許多她們如何謀生的內容。

其主要的工作是採集藥草和野草、撿拾樹林裡掉落的柴火，以及利用陷阱來消滅狐狸或老鼠等害蟲。

對於高齡的尤娜婆婆來說，真是很辛苦的工作呢。

忽然間，天花板破洞射入的陽光反射在香草茶上。

「我有件事情想跟您商量——」

喝著香草茶，我一邊向尤娜婆婆建議改善這個家的環境。

「改善環境？」

「是的，就是設置家庭菜園以及修繕房屋。」

「如果是你要出錢的話就不必了。」

尤娜婆婆的反應正如我所料。

「不，我提供的就只有勞力。」

——好，輪到作弊能力出馬了。

「小玉隊員、波奇隊員！命令你們實施除草作戰。」

「系！」

「是喲！」

對於拿著割草鐮刀的小玉和波奇，我指示她們清除家庭菜園預定地的雜草。

由於房子旁邊堆放著廢料，我便將其回收至儲倉。

「我要幫忙。」

「加油。」

犬人和貓人小孩們也加入協助了兩人的作業。

我自己則是跳上屋頂，將看似會漏水的天花板破洞堵起來。

用於修繕的板子則是沿用那些廢料，不過釘子就只能使用手中之物了。就請對方原諒我提供這麼一點材料吧。

由於有木工技能，修理漏水相當簡單。原以為會得到建築技能，但靠著修理似乎不會獲得的樣子。

緊接著我陸續修理扭曲的門框和牆壁的破洞。

當家庭菜園預定地的雜草清除完畢之際，我已經將房子修繕至居住起來較為舒適的程度了。

「佐……佐藤大人原來是木工嗎？」

「不，我只是比較擅長修繕而已哦。」

「比較擅長？」

我的回答讓正在製作燻肉的豹頭奇塔傾頭不解。

嗯，正確來說是拜技能所賜呢。

「主人～？」

「任務結束了喲！」

小玉和波奇從家庭菜園預定地傳來很有精神的報告。

原本滿是雜草的院子，已經都被清理乾淨了。

「大家都很賣力呢。」

我這麼稱讚孩子們。

「你在做什麼，佐藤大人？」

被尤娜婆婆命令出門處理雜務的熊人亞貝回來了。

「我要在這裡開闢家庭菜園哦。」

「菜園？在這麼堅硬貧瘠的土地？」

「起碼能種加波瓜吧？」

根據潔娜所言，加波瓜無論在多麼貧瘠的土地都能像雜草一般堅韌生長，一個月就可以收成而不會歉收，更是能夠讓休耕地變得肥沃的作弊植物。

唯一的缺點就是難吃到離譜。

「前提是如果能耕種的話。」

對於暗示著徒勞無功的熊人亞貝，我告知一聲「辦得到哦」然後從萬納背包裡取出農具。

「幫忙～」

「波奇的力量綽綽有餘喲！」

我將農具一併發放給充滿幹勁的小玉和波奇。

其他孩子們表示也想幫忙，但農具只有三人份所以只能請他們放棄了。

對之前已經獲得的開拓技能和耕作技能分配點數並開啟後，我便和兩人一鼓作氣地開始耕田。

雖然僅花了十分鐘左右，卻已經開闢出了相當面積的田地。

「莉薩，妳的主人實在很亂來呢……」

「是的，因為這就是主人。」

順風耳技能捕捉到了熊人亞貝傻眼的聲音。

莉薩，這時候不要肯定，而是應該替我辯解幾句才是吧？

「好，那麼就來播種吧。」

我從放在儲倉裡的加波瓜當中取出種子，交給犬人和貓人孩子們幫忙播種。

指導員則是有過農作經驗的熊人亞貝。

作業大致結束後，我環視整個田地和房屋。

「好像還少一樣東西呢——」

即使金額不多，可以的話真希望大家有個定期賺取收入的手段呢。

「好棒～？」

「畫得非常好喲。」

小玉和波奇圍著坐在田地旁的犬人哈伍哈這麼鼓掌道。

我從後方試著窺探一下，發現犬人哈伍哈用棍子正在地上畫圖。

「很出色呢。」

聽我這麼誇獎後，犬人哈伍哈欣喜地不斷晃動尾巴。

畫圖、畫圖——大腦的角落好像浮現了什麼念頭。

——有了！

「你能不能照著這張圖畫出來呢？」

「知道了。」

看著我出示的卡片，犬人哈伍哈在地面畫出圖來。

「很像～？」

「非常像喲。」

小玉和波奇這麼保證道。

我讓犬人哈伍哈在木板上繪製了三張畫。

「我出去一趟就回來——」

向大家這麼告知後，我便循著地圖前往呼叫所要找的人物。

「佐……佐藤，你究竟施了什麼樣的魔法？」

帶著順利找到的人物返回尤娜婆婆家之際，房子前正是大吃一驚的尤娜婆婆。

「我只是照一般方式努力一下罷了哦。」

見到下巴差點要掉下來的尤娜婆婆，我有一些驚喜得逞的感覺。

「謝啦，佐藤。這樣一來就能放心過冬了。」

「還沒完。」

「——還沒完？」

面對滿頭問號的尤娜婆婆，我將帶來的人物介紹給她。

真希望他能學習一下比較符合商人作風的委婉措辭。

「這是怎麼回事？」

「因為平常受到騎士索恩的照顧，所以這是謝禮哦。況且騎士索恩的孩子要是能拿學習卡片來玩，想必就能被其他認識的貴族們看到了。」

「原來如此，是為了宣傳呢。」

伊歐娜小姐當下就理解了我的用意。

「那麼，我就先收下好了。把你的商會名稱寫在盒子底部吧。要是空白的話根本就不知道跟誰下訂單才好哦！」

聽了伊歐娜小姐的建議，青年商人急忙寫下了商會名。

運用這次的宣傳機會拓展對於貴族們的銷售通路，我想可能還要好幾年的時間，不過想必可以逐漸成為聖留市的名產之一。

◆

「大家還是希望一起旅行嗎？」

告別伊歐娜小姐和青年商人後，我在返回門前旅館的途中這麼詢問獸娘們。

「不，主人。帶著嬰兒旅行太勉強了。想必豹和彼此知心的熊以及鼠在一起的話也比較安心。」

莉薩彷彿在說服自己般回答。

「雖然很寂寞，不過沒問題～」

「是喲！因為現在有亞里沙、蜜雅、娜娜還有露露在一起，一點也不寂寞喲。」

對於極力表現出開朗的小玉和波奇，我輕輕擦拭她們的眼淚。

「主人——！」

坐在門前旅館入口處的亞里沙大動作揮著手。

「今天的晚餐是野豬肉排哦！」

「肉排！」

聽了亞里沙的報告，莉薩換上振奮的表情注視前方。

「哦，great～」

「主人！不快點的話，沒有肉就不好了喲！」

剛才消沉的氣氛就彷彿幻覺一般消失，全力露出燦爛笑容的小玉和波奇拉著我的雙手。

那模樣已經沒有任何的勉強。

看樣子，食慾似乎勝過了感傷。

「主人，快一點～」

「肉在等我們喲！」

「你們兩人，這麼拉扯的話對主人很沒禮貌哦。」

就連出言責備小玉和波奇的莉薩，尾巴也不斷敲打著地面一副迫不及待的樣子。

「說得也是，乘著肉還沒涼掉趕快過去吧。」

我對獸娘們這麼告知後，便朝著門前旅館中庭為我們準備好的專用餐桌走去。

精力的泉源，果然還是美味的肉類料理呢。

全新撰稿
《亞里沙公主的
異世界奮鬥記》
愛七ひろ
Illustration ◆ shri

異世界轉生——轉生為公主。太棒了，是勝利組！

「橘，不好意思，議事錄拜託妳了。」

「知道了。」

財務部長將雜事丟給我之後，便快步走向下一個會議室。

明明是週末的星期五卻忙得要命。

「哇啊——做不完啊——！」

回到辦公室，總務課的同僚男生正抓著腦袋大叫道。

動作那麼劇烈的話，小心頭髮也會逃亡至新天地哦！

——畢竟頭髮是長期的朋友呢。

我解除電腦的待機狀態，一邊和旁邊隔間發瘋的同僚男生交談：

「你不是說今天要準時下班，去跟女朋友約會嗎？」

掛在房間柱子上的電波時鐘，如今已超過下班時間約三十分鐘。

「快下班的時候課長突然把工作丟給我啊。」

環視整個房間，總務課長完全不見蹤影。

「課長呢？」

「跟部長一起去接待客戶哦。接──待──」

這個年頭，由公司出錢的接待活動真是不多見。

「真沒辦法呢。給我吧，我來幫你完成。」

大略瞄了一下，只是比較花時間而已，並非是隸屬於總務課才做得來的內容。

公司內部刊物的問卷統計以及將董事訪談內容打成文字，這些事我想根本不需要挑在週末讓員工加班處理吧。

「這樣好嗎，橘？」

「應該跟我派遣時代待過總務時的格式一樣吧？」

雖然當初派遣結束之際被挖角，所以如今已經是堂堂的正式員工了。

「啊，嗯嗯。一直還是妳製作的格式。」

「那就沒問題了呢。這裡交給我，你趕快去見女朋友吧。」

「抱歉，我一定會補償妳的！」

「不用了哦。」

同僚男生對我合掌行禮後便下班了。

那傢伙還挺慷慨的，所以大概能吃到豪華午餐吧。

我迅速完成了議事錄，然後哼著歌將接手的文書工作逐一解決。

「還是老樣子，亞里沙前輩真有男子氣概呢。」

「為什麼橘前輩一直沒有男朋友呢？」

「大概是因為比男人更像男人的緣故吧。」

財務課的人這麼交談著。

你們要是不過來幫忙的話，就趕快回家去吧。

「亞里沙前輩，有人找！」

辦公室的入口處，有個後輩女生在叫我。

嗯，雖說是後輩，正式員工的年資還是這個女孩比較長。

「好——」

我將臉轉向那裡後，眼前站著一名因為昨天的小事而認識的營業部門女孩。

「謝謝妳，亞里沙前輩！昨天不僅幫我趕跑了跟蹤狂，還陪我一起向警察報案。」

「別放在心上了。都是為了可愛的後輩嘛。」

況且，在公寓宿舍裡還是鄰居呢。

「願意多等一下的話，要不要一起回去呢？就算報了案還是很危險的吧？」

「已經不要緊了。」

後輩頂著可愛的笑容握握拳道。

男生大概都會喜歡這一類的吧～？

「是嗎？」

「是的！」

據她所言，受理報案的警察在巡邏的時候，恰好遇到了那名跟蹤狂在翻找公寓的垃圾，於是就一舉成擒了。

對方似乎未被拘留，不過由於已經知道對方的名字和住所，之後好像會交給專家以民事手段來處理。

唉呀，當個可愛的女孩子真是辛苦呢。

「——下次請妳吃飯哦。我發現了一家很棒的店。」

「啊哈哈，謝謝妳。用不著那麼拘謹哦。」

目送著聲音雀躍的後輩離開後，我又繼續返回剛才的工作。

更美妙的是，有了剛才閒聊的三個人一起幫忙，我花不到三十分鐘就順利打卡下班了。

「呵呵～買到特價便當了！」

難得買到了貼有半價貼紙平常總是一個也不剩的特大燒肉便當，我哼著歌一邊從車站趕回公寓。

「今天別喝發泡酒，改喝啤酒好了——哦？」

開心地這麼喃喃自語的途中，我察覺到了些許的異樣。

跟平常有些不同。

「呃！」

公寓前方矮樹叢的陰暗處裡，冷不防走出了一名黑衣打扮的男子。

異常高瘦的身材和那出奇長的手臂讓我感到熟悉。

是那個不斷糾纏著後輩的跟蹤狂。

「——都是妳害的。」

跟蹤狂喃喃發出彷彿自地底響起的怨恨聲調。

手中則是握著鐵定會觸犯槍刀法，刀刃相當長的一把藍波刀。

——等等，這是不是太糟糕了？

我迅速張望四周，但在聲音可及的範圍內卻沒有任何人。

「都是妳害的！」

跟蹤狂這麼大叫著衝了過來。

——呃！真的假的！

「你這白痴——！」

我胡亂揮動沉重的公事包，將白痴跟蹤狂打飛出去。

跟蹤狂整個人撞進公寓的垃圾場裡，一動也不動了。

「正義必勝！」

我挾帶著氣勢這麼握拳宣告道。

因為一旦鬆懈下來，手好像就會開始發抖了。

「——奇怪？」

總覺得很冷。

應該說有點噁心。

觸摸腹部的手感受到了濕潤的觸感。

頂著不祥的感覺垂下目光一看，只見白色的女用襯衫已經染成鮮紅色。

「這是怎麼搞的啊——」

跟蹤狂手中的刀子，好像刺中了我的腹部。

其證據就是跟蹤狂握著的刀子也沾上紅色的液體。

「啊，這下不行了……」

眼前急速變暗。

『誰來幫我把電腦裡的正太資料夾跟ＢＬ資料夾還有腐資料夾統統刪掉啊——！』

這個不成聲的呼喊，想必沒有傳到任何人的耳裡。

轉黑的視野中，最後映入的是帶著男人的後輩拚命往這裡跑來的身影。

◆

輕飄飄、軟綿綿。

懷著彷彿在三溫暖裡待到頭昏腦脹的的朦朧感，我不斷擺盪著。

什麼都沒有。

我的身體不存在。

我的意識也直接融入了白色的場所裡。

不知為什麼，總覺得很確定這一點。

——淡紫色的光。

我逐漸淡薄的意識被那道光所吸引。

經過了不知是瞬間或永恆的一段時間後，我已經在那道光的面前。

〈死亡〉〈通知〉〈確認〉

白色空間裡閃動的紫系朦朧光球，發出了可說是言語或概念集合體的思念給我。

總覺得，思考沒有辦法整合。

就連一般人會覺得「這裡是哪裡？」「光球的實體是什麼？」等等理所當然的疑問也沒有湧現。

〈死亡〉〈通知〉〈確認〉

「嗯——你是誰——？」

〈我〉〈神〉〈信〉

「啊——原來是神啊————」

之後仔細回想，這真是愚蠢的回話，不過這時候的我已經意識朦朧，僅能夠進行簡單的回答而已。

自稱神的存在，或許是大腦部分跟我們人類的構造不同，是以零碎的映象集合體來傳達意思，而我卻連對方想表達的一半意思都無法了解。

即使如此，對於這時候的我來說，好像憑感覺能知道自稱神的存在想說什麼。

〈轉生〉〈希望〉〈調查〉

「嗯，就是所謂的神之轉生吧。ＯＫ——ＯＫ——理解了。」

〈寄託〉〈權能〉〈選擇〉

「要給我作弊能力？感覺是借給我用的？只要選擇就好了對吧？」

面對眼前飄浮的光，我毫不猶豫地將不存在的手伸了進去。

在同時感覺到軟趴趴和黏答答的不可思議光輝深處，有一樣東西讓我冒出了「就是這個！」的念頭。

「喝呀——！」

拉出來的紫色小光，被吸入了我的身體裡。

——力量全開。

意念告訴我這就是剛才那道光的名字。

同時我也瞬間理解了這是什麼樣的力量。

好像是可以施展出將所有力量傾注於一擊以逆轉戰局的超必殺技。

「哦——意思是會獲得那個人所追求的力量吧。對於以戰鬥女主角為目標的我來說剛剛好。現代的女主角，果然還是要主動前去營救被擄走的男主角才對嘛！」

我得意地揚起不存在的嘴角，在心中摩拳擦掌著。

「這次一定要選個超厲害的。」

我將手伸進紫色光球裡準備拿取第二個。

就在準備抓住和剛才一樣令我直覺想獲得的東西之際，我整個人被光球彈飛了。

「奇怪？只限一個嗎？」

〈器皿〉〈極限〉〈注意〉

「原來如此，有容量限制呢。意思是剛才想選的裝不下嗎？」

我打起精神挑戰了好幾次，但無一例外地都被彈飛。

「搞什麼嘛！第十次挑戰！」

我這麼呼喊後，將不存在的手深深扎入紫色光球的深處。

——有了！

儘管手上傳來排斥的觸感，但這次一定行得通。

不，我絕對要抓住它。

賭上爺爺的名號！

「喝呀——！」

伴隨彷彿會發出「啵」一聲的後坐力，我取出了紫色小光。

在被我的身體吸收的同時，作弊技能的名稱和能力也傳達了給我。

——不屈不撓。

而當我知道能力為何時，簡直笑得無法自制。

「呀呼——！取得天下了——！」

這是即使面對絕對無法戰勝的強者時，也能以一成以上機率發揮攻擊或魔法效果的力量。

可以說是和最初入手的「力量全開」搭配得天衣無縫的「強敵殺手」最強組合。

〈祝福〉〈權能〉〈取得〉

「在恭喜我嗎？神啊，謝謝你。」

神朦朧地閃動著，一邊傳來了溫暖的感情。

「神啊，我保證！我絕對不會用這種力量來做壞事的！我要為了世界和平而使用哦。」

〈望〉〈行使〉〈自由〉

意思是叫我隨自己意思使用嗎？

我這麼思考的心中，傳入了神的肯定意識。

〈注意〉〈行使〉〈過度〉

好像不能用得太頻繁的樣子。

感覺是要有計畫性地使用。

〈轉生〉〈特典〉〈選擇〉

「咦？」

神說完後，我的腦中浮現出了技能樹一般的影像。

看樣子，除了剛才的作弊技能，好像還會給我額外的技能。

神真是太大方了。

〈轉生〉〈特典〉〈不要？〉

「是是，我這就挑選——」

我撲向了看似快要關閉的技能樹影像。

然後選擇了經典的「鑑定」、「無限收納」、「理解語言」。

〈不足〉〈容量〉〈選擇〉

神傳來了否定的念頭。

大概是類似轉生特典的點數不足，又或者靈魂的剩餘容量已經被作弊技能裝滿而沒有空隙，反正就是不行。

在這之後，我反覆地嘗試錯誤以選擇有用的技能。

知道自我能力詳情的「自我確認」。

得知目視對象能力的「能力鑑定」。

對所有人隱藏自己技能的「技能隱蔽」。

還有，儘管存在上限，卻能把大量物品收納至固有空間的「寶物庫(道具箱)」。

大概是太過賣力，覺得有點想睡了。

〈希望〉〈權能〉〈成長〉

「嗯，我一定會讓作弊技能獲得成長的哦。」

我抗拒著睡意，一邊這麼回答神。

〈祝福〉〈幸福〉〈充實〉

可以聽到神的祝福之言。

將這個聲音當作搖籃曲，我將全身寄託在了白色的黑暗中。

◆

晃來晃去，軟綿綿。

飄來飄去，暖呼呼。

我置身於無比幸福的熟睡當中。

遠方偶爾傳來不可思議的聲音，儘管聽不懂但卻給了我溫柔的安心感。

就在我習慣了這份舒適感的某一天。

——好痛！

﹝好痛，等等，快住手。﹞

想要抗議卻說不出話來。

﹝住手！都說很痛了啊啊啊啊啊啊。﹞

彷彿被蠶絲勒住一般的拷問，在昏暗的視野變成朦朧白色的瞬間停止了。

「嗚哇啊啊啊啊。」

好像有個哭得很難聽的嬰兒。

感受著猶如船身搖晃般的噁心感，我一邊尋找周圍疑似陌生外國語的聲音來源。

——好大。

抱著我的某人是巨人般大小。

在未能對焦的朦朧視野中，輪廓模糊的人影正打量著我。

——想起來了！

是轉生。

我已經轉生了。

與神之間的對話片段如走馬燈一般浮現在腦中。

——自我確認。

我意識到從神那裡獲得了可以看出自己能力詳情的技能。

腦中浮現出「名字：亞里沙」和「性別：女性」的情報。

明明是轉生，名字唸起來卻和前世一樣。

既然沒有姓氏，莫非是平民嗎？

這麼思考的瞬間，又冒出了「階級：王族」。

——王族？這麼說，就是公主殿下？

呀呼————————！

所謂的公主殿下不就是那個公主了嗎？

太好了！勝利組！

簡單模式，萬歲！

奇怪？眼前……漸漸……變暗了……

——啊啊，累了嗎。

頂著剛出生的嬰兒身體，情緒這麼激動好像吃不消的樣子。

晚安了，還未見面的爸爸和媽媽。

貧窮國家？那麼就是內政作弊了哦！

「肚子餓了！」

轉生為庫沃克王國的公主殿下後，已經過去了兩年。

儘管設法將這邊的公用語學習至某種程度，但詞彙量還是很不足。

在那之後，並沒有發生期待中的嬰兒時代魔力枯竭所導致的超成長老橋段。

由於還是獲得了一點點經驗值，所以並不是完全徒勞無功就是了。

對了對了，我所轉生的這個世界，居然是個像遊戲一樣的等級制世界。

至今見過的人，總之等級都在二十以下，所以整體來說好像並不高。

就在回憶這些事情之際，門在未被敲響的情況下喀嚓開啟了。

「亞里沙殿下，您起床了嗎？」

「系。」

走進來的是負責照顧我的奶媽莉莉。應該說，這個房間平常不太有人會過來。

除了這個人以外，就只有半瞇著眼睛年約中學生的女僕而已。

儘管之前曾經見過一次母親，但她在目光交會後卻是一臉悲傷地離去。

父親就從來沒有見過。雖然好像是住在同一座城堡的範圍裡就是了。

對了！城堡，就是城堡。

我被莉莉抱起來之後從窗戶望出去，那居然是一座德國風格的古城！

真是太浪漫了——會這麼說的人就只有觀光客而已。

不時會有風鑽進來，溫度又低，根本不是住人的地方哦。真的。

嗯，不過這裡是別棟的公館就是了。

「亞里沙殿下，用餐了哦。」

莉莉頂著日本人一般的扁平臉這麼說道。長得還挺漂亮的。

這個國家的人都是北歐系的面孔，但莉莉似乎是與他國人之間的混血兒或擁有四分之一血統，所以長得有些不太一樣。

「系！」

太棒了——肚子好餓。

我一步步地走向餐桌。

「又是薯類……」

見到擺放在桌上的老掉牙菜色，我的情緒直直低落。

煮爛的燉薯，以及將水煮薯類隨意切塊後灑上鹽巴的兩盤食物。除此之外就只有杯子裡裝著名為超級純淨井水的天然水了。

以熱量來說或許足夠，但老實說真的很膩。

真希望吃到營養更為均衡的飲食。

別看這樣子，我可是個公主殿下呢——

「亞里沙殿下，請細嚼慢嚥哦。」

我讓莉莉幫忙，坐上了幼兒用的椅子，將湯匙拿在手裡。

「開動了。」

這裡似乎沒有用餐前祈禱的習俗，但我還是依照前世的習慣說出「開動了」這句話。當然，用的是日語。莉莉大概是當成了一種幼兒語。

我咀嚼著燉薯。

相較於煮得毫無水分的薯類，還是粉狀的燉薯比較容易入口。

「偶爾……也想要吃麵包。」

說話太流暢的話會被當作怪胎，我於是適度地結巴一下。

話說回來，以前吃流質食物的時期經常會有疑似山羊奶製作而成的麵包粥，但最近的主食卻都是薯類。晚餐也頂多也只加入了切碎的菜葉和看似山菜的東西。

因為乳牙還沒長齊，葉菜類我實在無法充分咀嚼呢。

「今年的▽▽因為◇◇，所以連陛下也是吃薯類哦。」

哦哦，好久沒有從莉莉口中聽到陌生的詞彙了。

「▽▽是什麼？」

「▽▽是用來作為麵包材料的植物哦。」

面對我的問題，莉莉頂著「又來了」的表情老實地回答。

換句話說，▽▽就是麥子吧。

「那麼，◇◇呢？」

「就是不豐收的意思。大約是以往的一半哦。」

意思是歉收嗎？

以往的一半收成，難道不會發生飢荒嗎？

「人民不要緊？」

我這麼詢問後，莉莉瞪圓了眼睛。

這也難怪。

兩歲的孩子會從歉收的情報聯想到民眾飢荒反而比較奇怪。

「這不是亞里沙殿下您該擔心的事情哦。話說回來趕快用餐，不然薯類就會冷掉了哦。」

莉莉極力裝出笑容扯開了話題。

哦，冷掉的燉薯可是最難吃的，還是等吃完再來擔心民眾吧。

於是我再度朝著大口攝取熱量之路邁進。

「呼——」

吃飽的同時也變得想睡，這個身體還真是氣人。

就在昏昏欲睡之際，我被搬到了床上躺好睡覺。

不過，吃燉薯的期間也從莉莉口中聽到許多事來增加詞彙量，算是有所收穫吧。

經驗值則是增加了一點點。不同於遊戲，就算不用打倒敵人，只要獲得新的知識就會增加經驗值了呢。

◆

「嗯——睡得真飽。」

午睡結束後，我在床上伸著懶腰。

雖然肚子很飽，但差不多也想吃吃不一樣的料理了。像是薯條或可樂餅之類的，用目前的材料應該做得出來呢。

即使辦不到，打造蒸籠來製作熱騰騰的蒸薯也是不錯。

加上奶油大口咬下的話，想必會非常美味吧。

我用棉花材質的睡衣袖子擦拭快要流出的口水，然後走下床鋪。

「之前吃到的無花果乾真是好吃呢——」

或許是這個世界的甜食昂貴，又或者因為崇尚天然食品，實在很少出現甜食呢。

之前能夠吃到也只有發燒的那一次而已。之後就沒有了。

發燒的原因是魔力使用過度。

我根本就沒聽說過進出道具箱還需要魔力！

而且所需的魔力還不少。

自我確認技能和技能隱蔽技能即使用了也不會消耗魔力，至於能力鑑定技能在魔力耗盡前就會累得睡著，所以我直到能夠讓物品進出於道具箱的時候才了解到這一點呢。

啊，隱蔽技能我一直都開著。

話雖如此，嬰兒時代因為思考還無法整合，在出生第三天左右才想起了技能隱蔽技能的事情，所以父母搞不好已經知道我的能力了。

說到這個，我問過莉莉，亞里沙這個名字也是一出生就有的。原因就不明了。

「總覺得臉癢癢的。」

我從房間角落的銅桶打水洗臉。

紫色的頭髮沙沙晃動，進入了我的視野中。

沒錯，我這一世的頭髮是充滿了奇幻感，應該說是很有動畫感的紫髮。

莉莉是黑髮，半瞇眼女僕是褐髮，母親則是金髮。

嗯，唯獨女主角是醒目的顏色，這也是老橋段之一所以無妨。等到看膩了再染成別的顏色就好。

『喲咻——』

配合著日語的吆喝聲，我爬到了擺放在窗邊的椅子上方。

窗戶的另一端是陽台，所以是沒有墜落死亡可能性的安全設計。

「還是老樣子，只能看到中庭、城牆還有山呢。」

氣候上就類似於東北的盆地吧？

由於剛出生沒幾年，這種猜測或許有誤，但感覺夏天很短且冬天漫長。

雖然也有秋天和春天，不過時間都超短的。

「這樣看起來，感覺山和森林的距離都很近呢。」

森林感覺相當蔥鬱，所以除了薯類之外應該可以出產香菇或山菜之類更多的物產才對……

「——亞里沙殿下還真是喜歡外頭的景色呢。」

莉莉拿著換洗的衣服走進房間。

因為我現在能做的也只有看看風景哦。

畢竟沒有繪本，兩歲的孩子要是突然說想學習文字也很可怕，所以就自我約束了。

「莉莉，剛才的後續。」

「後續……嗎？」

莉莉不解地傾頭。

「歉收的原因是什麼？」

「今年有許多魔物，所以陛下將△△分配在對付魔物上哦。」

表情困擾的莉莉這麼告訴我。

我接著詢問△△的意思，得知好像是近似於「庇佑」或「能力」之類的詞彙。

這個世界個國王，好像被神賦予了種特別的力量吧。

就類似我所獲得的作弊技能一樣。

要是能見到國王，大概就可以知道了吧？

「有了庇佑農作物就會生長嗎？」

「是的，收穫量會有很大的改變哦。」

哦——很厲害嘛。

「那麼，沒有庇佑的時候呢？有什麼……對策？」

我試著詢問國內採取了什麼對策。

「對策……嗎？」

莉莉納悶地傾著腦袋。

「難道……什麼也不做？增加『肥料』……或是換成容易生長的作物——」

——有很多方法哦？

「我不知道什麼是肥料，不過薯類和麥子都是歉收，所以換了也是一樣哦？」

看樣子，這個國家的農民似乎是處於「一味仰賴」國王庇佑的狀態。

之後的對話中，我總算從莉莉口中得知了相當於肥料的詞彙，但她回答除了很久以前「魔力之泉」或「魔力之源」耗盡的邊境之外，已經都沒人在使用了。

看來是因為國王的庇佑太過萬能，導致科學性方面的知識都落後了。

「總而言之，先採集森林的泥土摻進農田裡怎麼樣？」

由於沒有腐葉土這個詞彙，我便改稱為「森林的泥土」。

製作堆肥要花費不少時間，所以我試著建議趕快使用腐葉土。

「您為何會知道這種事？」

莉莉露出狐疑的表情。

——糟糕。

程度勉強能夠交談的兩歲兒童，不僅說話流暢還道出了不應該擁有的知識。

真恐怖。

這種幼兒太可怕了。

「因為——」

趕快思考，亞里沙！

我冀望般地望著森林。

——有了！

「妳看！」

我指向森林。

「森林很有活力！」

「活力？」

面對原封不動反問的莉莉，我一臉得意地點點頭。

「就算沒有庇佑，森林也很有活力。」

「說到這個……」

好，似乎可以唬住對方了。

「莉莉之前也說過，泥土對蔬菜很重要。」

我記不得對方是否真的說過。

不過，應該講過類似的話才對。

「用森林的泥土種蔬菜！蔬菜一定也會很有活力的！」

我頂著幼女笑容很有精神地主張道。

儘管不認為對方會相信，但只要她不再用看待怪胎一般的目光看我就很夠了。

◆

「我想去外面。」

房間裡實在待膩了，我於是這麼主張道。

「冬天快到了，不行。」

那麼就算在城裡也好。

「我想看看廚房。」

「會打擾到廚師，不行。」

儘管不被理睬，但亞里沙可不會這樣就放棄的哦。

不屈不撓。根本還用不著使用特殊技能。

「我想在不會打擾別人的時候去。」

「老鼠──」

「老鼠不怕。」

蜘蛛雖然不行，但老鼠就沒關係了呢。

畢竟每年的老鼠樂園可不是白去的呢。

「可是──」

「我半夜會哭哦。」

不斷死纏爛打後，莉莉終於妥協了。

「外頭可是很冷的。」

莉莉替我戴上了大帽子。

帽子是用草編織而成，所以頭上刺刺的。好痛。

「刺刺的──」

我脫掉後，又再次被戴上帽子。

「戴上吧，不然會感冒的。」

「不要──」

「不可以。」

「討厭──」

拜託，饒了我吧。

「不戴上的話就不帶您出去。」

「莉莉好壞。」

被莉莉抱著移動之後，我這才察覺到。

這個帽子是用來遮掩我的臉和醒目的髮色。

原因不清楚，但我會被隔離在別棟裡，父母也很少過來探望，這其中一定有什麼古怪。

——嗯，反正以後就會知道了吧。

我打起精神，懷著彷彿在歐洲觀光的心態參觀城堡的走廊。

地板是石砌的，石頭間沒有任何縫隙——還不至於呢。

感覺是將精細度相當高的石砌地板以拙劣的技術修補過了。

至於別棟似乎是以後者的技術製作而成的。

給人的印象就類似於中世紀，而且還是羅馬時代那種高度文明之後的中世紀呢。

倘若沒有神幫忙轉生的記憶，我還以為自己回到過去了。

「有薯類的味道？」

「那裡是廚房哦。」

在莉莉催促的方向，映入眼簾的是足以讓我明天不敢吃東西的骯髒廚房。

「真的假的——」

菜刀和鍋子都浮現鏽斑，砧板也髒兮兮地放在一旁。

流理台裡則是裝著剩飯就直接丟進來的餐具，水面還冒著謎樣的泡泡。

而且明明沒有在烹飪，食材卻擺著不管。

——真是噁心。

「莉莉，『不衛生』是不行的。一定要跟廚師說！」

「不衛生？」

糟糕，我不知道相當於不衛生的詞彙該怎麼講。

「髒兮兮的不行哦。把食物放著不管也不可以。」

我用所知不多的詞彙拚命傾訴著——

「唉呀呀，真是的，原來亞里沙殿下很愛乾淨呢。」

「不是——」

——但卻未能讓莉莉了解。

看來在我能夠將意思傳達給他人之前，改革是行不通了。

◆

「——殿下，亞里沙殿下，早上了哦。」

好冷！

莉莉說過差不多快到春天了，但依然還是冬天的氣候。

雖然比積雪的期間要好得多了。

莉莉殘忍地拉開棉被，我於是自己動手迅速換好衣服，穿上厚重的毛線上衣。

度過每天都是薯類的冬天，我如今已經三歲了。

這個國家沒有所謂生日的習慣，一律都在每年開始之際加上一歲。

「亞里沙殿下您跟自己的哥哥和姊姊不一樣，都不需要費力氣照顧呢。」

到了三歲我才第一次知道。

原來我好像還有哥哥姊姊。

不過，那是之後的事情。

比起素未謀面的兄弟，我現在比較想念溫暖的早餐。

「唉呀？」

今天的燉湯居然不止放了薯類。

還加入了兩種看似蕪菁的白色蔬菜。

「第一次看到。」

「這個是雪〇和甜雪〇哦。」

〇就是蕪菁吧？

蕪菁我倒是挺喜歡的呢。

「好甜——噁！」

被騙了。

不是蕪菁。

一開始甜甜的，但有泥土般的怪味擴散開來。

口感就類似白蘿蔔吧？

讓我想到了甜菜。

「這邊是——」

太好了，這個無疑就是蕪菁。

蕪菁——大概是雪蕪的量太少，才會拿甜雪蕪來充數的吧。

兩者似乎都是在雪地下方堅韌生長的蔬菜。

應該不需要陽光照射吧？

「好吃。」

薯類之外的蔬菜果然棒極了～

差點就要哼出歌來。

「這也是亞里沙殿下的功勞哦？」

「——咦？」

莉莉害我發出了奇怪的聲音。

「不記得了嗎？請您想一想，就是去年大約麥子收穫後的時期。」

什麼事？

「我提到歉收的事情後，您就說把森林裡很有活力的泥土加進田裡試試對吧？」

「系。」

想起來了。

記得那時候說過要使用腐葉土。

「我在傭人餐廳裡說到這件事，園丁班恩聽到後產生了興趣，就說要在自己的田裡試試看哦。」

園丁班恩，真是了不起。

「成功了嗎？」

「是的，據說還不到豐收的程度，但收成明顯比其他的田地還要好。」

「太好了——！」

「亞里沙殿下，動作太粗魯了哦。」

我下意識為了班恩的壯舉向上舉起拳頭，但卻被莉莉打了一下手訓斥道。

——反對體罰！

「今年也只有班恩的田地嗎？」

「不。」

面對我的問題，莉莉搖了搖頭。

聽聞班恩的成果後，據說其他農家今年也會拿一部分的田地來做實驗。

這樣一來要是順利的話，餐桌就能擺上麵包和蔬菜了呢。

——對了。

「莉莉，『甜菜』——甜雪蕪能不能製作出『砂糖』？」

由於想不起當地的語言怎麼形容砂糖，我於是用日語說道。

大概以為是我隨便發明的詞彙，莉莉就像往常一樣忽略掉。

「佐藤嗎？」（註：日語「佐藤」音同「砂糖」。）

唔，不要用那種奇怪的發音。

總覺得會讓人心跳加速呢。

「把甜的東西拿來熬煮，會變成蜂蜜嗎？」

彷彿腦子裡裝滿砂糖一般，我用裝可愛的動作問道。

「甜雪蕪熬煮後也只會變得滿是土味，不會變成蜂蜜哦。」

說著，莉莉換上苦澀的表情。

原來已經熬煮過了嗎？

既然不行的話，或許就代表甜雪蕪跟甜菜是不同的東西呢。

「我想吃甜食。」

沒有土味的那種。

由於甜雪蕪的緣故，我想起了自己對甜食飢渴的事實。

「莉莉，『養蜂』——沒有蜂蜜嗎？」

「獵人還要一段時間才會進山，所以蜜蜂在蜂巢裡儲存蜂蜜要等更久了呢。」

哦？莫非沒有人從事養蜂嗎？

「是獵人負責採收的嗎？」

「是的，不過只有在狩獵的途中剛好發現蜂巢的時候。」

果然沒有養蜂啊。

「蜂巢？會把蜜蜂的家帶回來嗎？」

「——是的，就是這樣哦。」

些許困惑後，莉莉點頭回答。

「那麼，蜜蜂也會住在城堡裡嗎？」

「不——」

莉莉先是搖頭，然後補充了一句：「要取出蜂蜜，就必須把蜂巢破壞才行哦。」

「破壞！」

我彷彿要體現悲傷一般尖叫起來。

「為什麼要破壞呢？」

「因為不弄壞的話就採不到蜂蜜哦。」

面對我責難的聲音，莉莉表情困擾地回答。

「蜜蜂好可憐……沒有不破壞就取得蜂蜜的方法嗎？」

「那就是自然的▽▽了哦。」

儘管出現了新的詞彙，但現在並不是追究的時候了。

「對了！」

頂著彷彿頭頂冒出電燈泡的笑容，我丟下莉莉跑向了衣櫥。

「莉莉，快一點！」

確認莉莉從容地追上來後，我慢慢拉開了衣櫥的抽屜。

「把蜂巢……做成像這個抽屜一樣就行了哦！用力拉扯蜂巢……蜂蜜就會跑出來，也可以不用破壞蜂巢了吧？」

我裝出得意洋洋的表情對莉莉主張道。

用意是為了讓對方想到養蜂用的蜂箱。

由於急躁了一些，導致說起話來太過流暢，所以我便在莉莉察覺之前修正軌道。

「有了不會壞的蜂巢……蜜蜂可以住在城堡裡了哦——！這樣一來……隨時都能分享蜂蜜給我們呢！」

「說得也是呢，亞里沙殿下。」

難得的養蜂點子，莉莉似乎也無意認真看待的樣子。

不過，我相信她會像之前的腐葉土一樣，在傭人餐廳裡幫我宣傳出去的。

「嗯！莉莉，幫我這麼告訴獵人吧。」

機會難得，我於是朝這個方向叮嚀道。

「是是，知道了哦。話說您的手完全停下來了。請趕快乘熱吃吧。」

「系！」

哦，好久沒吃到薯類以外的料理，差點就要冷掉了。

我僅將嘴巴拿來吃東西。

——好吃。

為了豐富的飲食和擺脫貧窮生活，可以的話我還真想推廣四年輪耕法，不過應該沒有人會聽一個沒有任何知識的小鬼頭胡言亂語吧。

首先還是從學習文字開始好了——

就連在王宮服勤的莉莉也不會讀寫文字，真是令人不敢相信。

話說回來，這個房間裡也沒有任何看似文字的東西呢。

要是有任何一種的話，我就可以將其作為理由吵著要學文字了——

◆

季節來到夏天——

我的轉生幼女生活是和閒暇的戰鬥。

——哦？

「好像有很香的味道。」

是類似蜂蜜的氣味以及可麗餅一般的香氣。

我頂著咕嚕叫的肚子專心享受香味之際，莉莉踩著匆匆的腳步聲跑來。

莉莉從我為了空氣流通而一直開著的房門進入，手裡端著一個小盤子。

「亞里沙殿下，這是剛採收的蜂蜜和烤點心哦。」

「哇——看起來好好吃——」

光看就會流口水了！

「可以吃嗎？」

「當然可以哦。」

莉莉同意後，我立刻在大塊餅乾上面倒滿蜂蜜然後一口咬下。

首先是享受在蜂蜜口中擴散的高雅甜味。

或許因為是鹹味基底的麵團，逐漸崩解的餅乾使得蜂蜜的甘甜更上一層樓。

「是『Best mariage』呢。」

我將英語和法語混在一起稱讚著蜂蜜餅乾。

「Mariage？」

「就是非常美味的意思哦！」

我笑容滿面地向不解的莉莉傳達美味。

不過，居然準備了這麼多的蜂蜜，未免也太奢侈了。

「蜂蜜……好多。」

由於不能直接將意思告知對方，我於是有些結巴地描述著。

「我透露了亞里沙殿下在冬天說過的養蜂和養蜂箱的事情，結果園丁班恩據說就慫恿自家擔任獵人的堂哥和木匠嘗試了一下。」

真是了不起呢，園丁班恩一族。

行動力非同小可。

「班恩，了不起。我要他當我的家臣。」

「呵呵，我會告訴班恩，亞里沙殿下親口稱讚過他呢。」

「嗯！」

真的很想把對方收為家臣。

然後，作為四年輪耕法和亞里沙內政作弊的實施者來行動。

為了這個目的，我如今正需要用來充當藉口的古文獻和專業書籍呢。

還有，用來閱讀文字的知識也是。

——唉呀？

房間的入口處出現了窺探這邊的人影。

猛然探出臉來的，是三名陌生的正太。

而且還是北歐系的正太哦。

看似柔軟的金髮、純真的表情、纖瘦的手腳……真是太可愛了。

外國人面孔雖然從正太之後就劣化得很快，不過小時候的可愛度真的勝過二次元正太呢。

呼嘿嘿嘿——

下意識都要流口水了。

話說回來，那些孩子是誰呢？

我發動能力鑑定技能，得知了三人的身分。

唉呀——簡直就是自己送上門來的。

「在那裡的是誰呢？」

我故意裝出可愛的天真笑容，朝著從門外窺探的三名正太——第三王子、第四王子和第五王子這麼出聲。

過來這裡吧——

讓大姊姊好好地陪、你、們、玩。

最討厭男女不平等了！

「哥哥，我們被發現了哦。」

「走吧。」

正太們走進了房間。

每個人都超級貌美。大我六歲的席達姆第三王子是優等生類型，大我四歲的杜特第四王子則好像是淘氣型的。

至於大我兩歲的么弟艾魯斯第五王子只是待在房門處偷看這邊而不肯過來。似乎挺內向的樣子。

三人都是很柔軟的金髮。

「這個小孩就是妹妹？」

「哇——真的是禁忌色的頭髮。」

你說什麼顏色？

一定是詞彙量太少了吧。

「什麼是禁忌色？」

「哇啊！說話了！」

當然會說話了——我在內心用假關西腔這麼吐槽著。

但表面上，卻最大限度活用了此生的美幼女臉龐傾頭問道：「告訴人家嘛？」

「就是會讓人不幸的顏色。」

「被討厭的顏色哦。」

第四王子拉扯我的頭髮。

——好痛。這傢伙幹什麼啦！

看我把滿是蜂蜜的湯匙塞進你的嘴裡！

「哇啊！住手。」

「在哭出來之前，我不會收回湯匙的！」

第四王子淚眼汪汪地投降了。

「呼，贏了。」

「亞……亞里沙？」

第三王子表情僵硬地俯視我。

糟糕——天使般妹妹作戰早早就崩壞了？

不，還有得救！

亞里沙，妳一定辦得到的！

「哥哥，怎麼了？」

「啊，不，沒什麼哦。」

呼哈哈——天使的微笑真是無敵！

這樣一來今生就能交到男朋友了——！

「——父親大人。」

入口處的么弟傳來了喃喃聲。

從開著的房門走進來的，是一名給人國王般感覺的美男子。

和哥哥他們一樣都是金色頭髮。

大概還不到三十五歲吧？

「席達姆！杜特！我不是說別靠近禁忌之子嗎！」

啊——我懂了。雖然不想知道，但從爸爸的表情和口吻就聽得出來了。

禁忌之子就是禁忌之子。

由於這頭紫色頭髮，父母才不肯來見我吧。

一開始就是不幸的設定，神真是太酷了。

不過，還是比較想要更簡單一點的模式呢——

我在心中這麼咒罵神，一邊懷著鬱悶的心情鑽進了被窩。

當天夜裡——

「……亞里沙。我背負著不幸命運的女兒啊。」

一個人影來到了我的床邊。

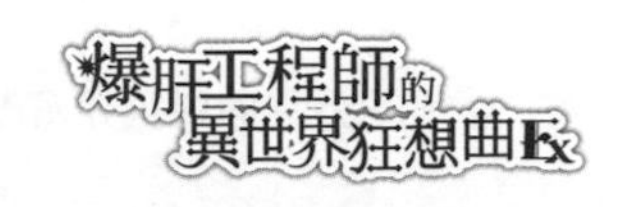

「對於僅能用疏遠來保護妳的弱小父母，妳就儘管怨恨吧。」

大手撫摸著我的紫色頭髮。

「唯有這麼做，我們才能從那些深信古老陋習之人的手中保護妳。」

熟睡中聽到的這些話，我在醒來的時候就一併忘掉，但隔天早上卻感到全身出奇舒暢。

好，為了富裕的公主生活，今天也來努力吧。

◆

「男生女生配！」

些許的假動作，讓金髮正太滑稽地上鉤了。

「可惡——又輸了！」

「呼呵呵，你的功夫不好啊。」

面對心有不甘的金髮正太——杜特第四王子，我用謎樣老師的口吻自滿道。

「啊哈哈，杜特太容易上當了哦。」

席達姆第三王子和杜特第四王子到了我的房間裡來玩。

儘管初次遭遇時被國王阻斷了交流，但在那之後孩子們就經常利用王族專用的祕密通道過來了。

最初是用蜂蜜吸引，之後我又拿日本小孩喜歡的遊戲抓住了王子哥哥們的心。

過一陣子試試看把民間故事或童話改編成本地語言之後來說故事吧。

「不過，亞里沙妳為什麼知道這麼多種遊戲呢？」

「因為很閒？」

面對第三王子這個理所當然的問題，我裝出可愛的笑容傾著腦袋以蒙混過去。

「只是因為很閒就能發明出來，實在很厲害呢。」

「真是的，明明就沒有◇◇，太臭美了。」

見到第三王子對我欽佩的反應，第四王子做出了充滿嫉妒的發言。

真是的，他也太喜歡哥哥了吧。

「不行哦，不能欺負妹妹。」

對於眼看要出手的第四王子，身為優等生的第三王子這麼責備道。

「嘖——欺負亞里沙有什麼關係。」

第四王子嘟噥著。

關係可大了——

哦，話說回來——

「◇◇有趣嗎？」

我全力裝出天真模樣這麼詢問第三王子。

「一點也不有趣呢。」

「沒錯哦。比起◇◇，我更想多練習劍術。」

第三王子對我的問題苦笑以對，第四王子則是徒手模仿著揮劍動作。

◇◇應該是念書的意思吧？

「念書是做什麼？」

我這麼問第三王子。

「就是記住△△，學習這個國家的▽▽之類。」

「△△是？」

文字或者歷史嗎？

「亞里沙真笨啊！居然連△△都不知道。」

第四王子，你的嘴巴很壞哦。

他用得意洋洋的表情環視周圍。

這個房間裡沒有紙張或黑板呢。

「就是這個哦。」

第三王子從腰間的小袋子裡取出紙張。

然後以笨拙的筆跡寫出文字。

原來如此，△△好像就是文字了。

「這是什麼？」

「所以說，是文字！」

「上面寫什麼呢？」

聽了我的問題，原先得意的第四王子閉上了嘴巴。

看樣子，他也不認識這個字。

嗯，算了。比這個更重要的是——

「哥哥！我也想要學文字！」

我很有活力地舉起手，蹦蹦跳跳地主張道。

來吧，正太哥哥！現在正是萌上妹妹的時候！

我在心中嘿嘿笑著，一邊等待第三王子的回答。

「抱歉，亞里沙。」

「亞里沙真笨啊！女生根本就不需要學文字哦！」

彷彿打斷第三王子的道歉一般，第四王子這麼嘲笑道。

女人不需要學問——這個國家似乎存在著落伍時代的觀念。

由於是劍與魔法的世界，我原本就認為會有男女歧視，但好像仍存在著這種頗為麻煩的偏見。

我低著頭，用手遮住嘴巴打了個小哈欠。

「為什麼不行？」

面對眼角浮現淚水的幼女懇求，正太王子們終於投降，兩人最後願意教我文字，而當兩人接受家庭老師授課時，我還能進一步躲起來偷偷聽課。

果然，可愛才是正義呢！

另外，前往城堡由於是使用了王族專用的祕密通道，所以並不會碰到其他人。祕密通道裡出奇乾淨，沒有任何的蜘蛛絲。

「哥哥，這裡有人打掃嗎？」

「沒有這回事哦。因為，在這裡通行的就只有我們王族而已。」

嗯，說得也是呢。畢竟原本就是緊急時候的逃脫路線。

既然沒有人打掃，莫非是有身材高大的成人經過這裡嗎？

就在思考這些事情的期間，我抵達了用於上課的第三王子豪華的房間內，開始了躲在房內的衣櫥之一裡聽課的日子。

對於這個世界的算數、國語和社會，哥哥他們就如同年紀的孩子一般都聽得一知半解。

令我震撼的是好像還存在奴隸制度。

幸好我是公主殿下。要我從奴隸身分力爭上游的話，簡直太強人所難了。

我一併學習了關於軍隊、鄰近的各國以及危險的魔物。勇者和魔王也包括在內。

遺憾的是並沒有我期待中的魔法課。

據說這個窮國頂多只有會使用名為生活魔法之人，可以用於國防的魔法使根本就沒有半個。

就連宮廷魔術師，也是在南北的大國希嘉王國或沙珈帝國留學歸來的。

除了少部分，課程整體上並不怎麼有趣，但我主張自己的目的是增加詞彙量以及上課中聽來的知識，所以並沒有問題。

「對了——哥哥，已經知道為什麼紫色是禁忌色了嗎？」

三名年幼的王子哥哥似乎都不清楚，所以我拜託他們代為詢問國王和家庭老師。

「父親大人只回答『你不需要知道』，就連家庭老師也——」

看來大家明顯都在迴避這個話題。

感覺若不是很忌諱說出口，就是真的不知道吧。

更不可思議的是，這頭紫髮就算用了染髮粉也無法染成其他的顏色呢。

說到這個——

我的腦中，閃過了讓我轉生的神所展現出來的紫色光輝。

莫非那個神在這個世界裡被視為禁忌——繼續這麼推測下去，簡直就跟幻想沒有兩樣了。

我於是中斷了亂糟糟的思考。

我請王子哥哥他們遇到可能知情的人再幫我詢問。

那麼差不多也該回去了，不然莉莉會擔心的。

「妳一個人不要緊嗎？」

「沒事——沒事——都已經走了一個月嘛。」

我婉拒了哥哥們送我回去的建議，初次意氣風發地獨自一人走回別棟……

「——迷路了。」

真是奇怪呢。

明明就按照平常的記號來走，究竟是哪裡搞錯了呢？

我抱起手臂摸索接下來的方針之際，忽然聽到了微弱的人聲。

「然後——是？」

「聽好——事情——別說出去——」

總覺得是很不尋常的對話。

在好奇心的驅使下，我躡手躡腳地朝著聲音的來源悄悄靠近。

聲音似乎來自於漏光的地方。

我將眼睛湊近那道光，窺探其中。

裡頭有成年男性和高中生年紀的青年面對面坐著。

背影男性看不到長相，但另一名青年的臉卻看得很清楚。

——長得好像哥哥他們？

我順從著好奇心用「能力鑑定」技能調查兩人後，得知那是國王和第一王子。

「這是國王和王太子才能知道的世界祕密。」

國王的聲明讓我心想：「該不會遇到了不能聽的祕密？」不過仍屈服於好奇心繼續豎耳傾聽。

「就因為支配了都市核，國王之所以才是國王。」

都市的核心——也就是那個叫都市核的東西嗎？

感覺很像在哥哥他們的課堂上聽到存在於迷宮最深處的迷宮核，它的都市版嗎？

「都市核嗎？」

面對發問的第一王子，國王命令他默默聽到最後。

「——王城的地下有個名為『都市核之室』的祕密房間。繼承王位之人同樣也會繼承都市核，如同超越人類的神一般能夠利用都市核來施展力量。」

這好像是關於之前莉莉告訴我的「國王的庇佑」。

接下來繼續提到了包括國王利用都市核可以辦到的事情，以及為都市核供給魔力的地脈及源泉的存在。

該怎麼說？有種被我撞見了世界祕密的感覺。

「最後別忘了一點——」

感覺已經說完的國王，望著第一王子的眼睛繼續道。

「——受過神之洗禮的人無法繼承都市核。所以你在生出子嗣、繼承王位之後，就要讓其他的王子接受洗禮。」

國王言盡於此。

「暫時不讓懷孕中的特蕾莎接受神聖魔法或神官的祝福，也是這個原因嗎？」

「沒錯。儘管應該不會對胎兒造成影響，但我國的鑑定士無法確認事實的真偽。起碼在生出兩個以上的孩子之前，先避免懷孕中接觸神聖魔法和祝福吧。」

「知道了。」

或許是國王終於說完，兩人這時一起走出了房間。

話說回來——

為什麼一旦接受神的洗禮，就無法繼承都市核呢？

直到最後，國王仍沒有透露其原因為何。

畢竟第一王子好像不覺得有疑問，所以也就沒有詢問了。

嗯，算了。

反正在男女極度不平等的這個國家，身為公主的我是絕對不可能繼承都市核的。

「這次可沒有豎旗呢！」

我朝著黑暗這麼喃喃自語，甩掉腦中掠過的不祥預感。

另外，最後我總算在晚餐時間前回到了別棟。

唉呀——終於發現記號的時候真的差點哭出來了。

以後絕對不能太自信！

◆

「哇啊——都是灰塵。」

今天在淘氣的杜特第四王子的慫恿下，我來到了位於王城一角的倉庫。個性內向的艾魯斯第五王子也在一起。

至於平時負責制止的席達姆第三王子，則是和國王一塊啟程去巡視鄰近的城鎮和村落了。

「這是什麼？」

「哇啊！蜘蛛絲。」

呃呃！蜘蛛我可不行哦！

那些傢伙根本就不能讓牠們生存。

絕對沒有什麼益蟲的說法。

找到並且消滅，只有一種選擇哦。

——哦。

發現了好像挺不錯的裝訂書。

我喜形於色地走近那裡。

「亞里沙，那邊地板很脆弱，要小心哦。」

「是是——」

心不在焉地這麼回答第四王子，我同時將手伸向架子上的書。

——拿到了。

我用雙手支撐沉重的書籍。

『哈囉——』

一個彷彿冒出了上述對話框的存在，正從書籍上方朝我揮著手。

「蜘蛛——————！」

我將書丟了出去，在撞翻一堆破銅爛鐵的同時向後退開。

——劈啪！

糟糕。

對這個聲響感到不妙的瞬間，我的落腳處崩塌，整個人連同破銅爛鐵一起摔進了下一層。

所幸下層的物品堆到了天花板附近，讓我不至於剛轉生沒多久就重返輪迴，不過的確感受到了許久未見的走馬燈式生命危險。

今後的行動要更加謹慎才行。

「亞里沙！還活著嗎！」

「亞里沙——」

在漫天塵埃的另一端，可以見到兩名正太王子從天花板的破洞探出臉來。

「還活著——」

鞭策著因墜落衝擊而無法自由動彈的身體，我大聲報告自己平安無事。

由於灰塵很多，我不斷在咳嗽。

我拚命驅動手臂，總算拿起手帕摀住了口鼻。

「妳等著！我們去找大人過來！」

「不用擔心哦——」

兩人大聲叫道。

哦——實在是可靠極了。

像這種時候還能冷靜下來採取行動，真是對淘氣王子他們有些刮目相看。

當兩人消失在破洞的另一端，而身體也不再麻痺之際，我開始張望四周。

「哦，找到了。」

我發現了害我掉到這裡的那本書。

「哦——是辭典嗎。從書末的簽名來看，應該是祖先所抄錄的抄本吧？」

靠著天花板破洞射入的光線，我稍微瀏覽了一下。

嗯嗯，這樣一來似乎就能增加詞彙量了呢。

「——開啟吧。」

我發動了「寶物庫（道具箱）」技能。

面對出現在眼前的漆黑四方形空間，我吃力地將辭典丟入其中。

「那麼，還有沒有其他書呢？」

在救援隊趕來的期間，就先來尋寶好了——

有古老的領內地圖，以及寫滿了文字和數字看似出納表的一堆紙山。

然後，更找到了美術品和隱藏在破銅爛鐵當中的書架上所擺放的五本書。

儘管非常老舊，但從歲月劣化的色澤就能看出，是裝訂相當豪華的大型書籍。

「裡面寫了什麼呢？」

再怎麼說，這麼昏暗的情況下也無法閱讀文字。

我於是將戰利品依序收納在道具箱裡。

儘管擔心魔力是否足夠，但勉強還夠用。

從這些分量來看，大概明天才能閱讀了呢。

◆

「——是精神魔法嗎？」

被救出地下倉庫，和王子哥哥們一起遭到臭罵的隔天，我正在檢查戰利品。

「哇啊！一開頭就瘋瘋癲癲的。『閱讀這本遭嫌惡的禁忌書籍之人啊。追求邪術以隨心所欲操控人心的愚蠢魔法使啊。在此發誓絕對不會為了私人的利益和慾望而使用本魔法吧。不肯發誓的人就直接闔上本書』——」

嗯，畢竟感覺就像洗腦系的魔法呢。

儘管對魔法很感興趣，但還是等有急迫需求時再來學習這個吧。

真要說的話，還是辭典看起來比較方便呢。

「然後，這邊是——」

一百五十年前的領內稅務資料——從中可以看出各村莊和城鎮的作物和特產品。

其他還記載著陷入飢荒的時候，用了什麼樣的代替食品來倖免於難。

「話說回來，這個國家未免也太多飢荒了吧。」

二十年份的資料當中，居然發生多達三次的飢荒。

「真佩服沒有爆發過革命呢。」

我不斷翻閱著夾雜在稅務資料當中疑似稅務官日記的紀錄。

該怎麼說？這名稅務官吃的都是薯類呢。

而且老是發著跟我一樣的牢騷……

「等一下。」

在期望預感不要成真的同時，我一邊比較著日記的日期和稅務資料。

「一直都持續著薯類的狀態，難道是飢荒發生前的預兆嗎？」

這也難怪呢。

雖然品種上好像跟馬鈴薯不同，但從稅務資料看來也不算是足以對抗連作障礙的品種。

「──糟糕了呢。」

不僅無法擺脫貧窮國家，這樣下去的話甚至還會發生薯類不足的飢荒。

但願是我杞人憂天才好，但根據莉莉的說法，國王今年的庇佑或能力似乎也不足的樣子。

為了未雨綢繆，還是先準備一下比較好呢。

「莉莉！莉莉！」

我急忙拜託莉莉替我找來園丁班恩一族。

◆

「四年輪耕法嗎？」
「是啊！就寫在這裡。是以前一位討厭薯類的國王想出來的！」
我展示著稅務資料、日記以及辭典，向班恩滔滔不絕地敘述。
班恩和莉莉一樣都不識字，所以並不知道書中根本沒有這麼記載。
雖然因為利用了對方了無知而良心不安，但如今還是先找人陪我做實驗吧。
「首先是豆類呢。就是把泥土變得像之前的腐葉土一樣很有活力，只要一塊農田就好，試試看種植豆類吧。」
說到這一帶的豆類，就是類似豌豆的植物，不過我這次委託種植的是替代糧食當中的歐克豆。根據讀到的記述，好像是類似大豆的豆類。
「只需要種植豆類嗎？」
「是的，這本古文獻裡是這麼寫的哦。」
「既然是那麼了不起的東西，為什麼沒有流傳到現在？」
班恩沒什麼學問，卻還挺聰明的呢。
「很簡單哦。因為接受國王的庇佑比較輕鬆。搬運腐葉土也很累人不是嗎？」
我的話讓班恩點頭同意。

「是啊。要來回往返森林好幾次啊。」

有卡車或重型機具的話還另當別論，以人力搬運就是超乎想像的重勞動了吧。

雖然好像也有一些像我這樣擁有寶物庫(道具箱)技能的人存在，然而容量和人數並沒有多到可以代替卡車。

「那麼，要不要也實驗看看堆肥？」

「堆肥？」

「嗯，資料裡也記載得不清不楚，所以先從隔離起來的小型家庭菜園開始做起比較好呢。」

在我解釋是將家畜的糞便和稻草混合並發酵之後，果不其然收到了彷彿看待怪胎般的目光，但我聲稱自己也是半信半疑，於是將實行與否交給了班恩他們決定。

「對了。可以用馬車來搬運腐葉土嗎？」

「可以採集腐葉土的附近，並沒有馬車可以通行的道路啊。」

「獨輪車呢？」

由於不知道「貓車」怎麼說，所以我使用了相近的詞彙。

「像這樣子把木桶放在上面，用人力來推動。不是比背著輕鬆多了嗎？」

畫圖很難表達，我於是用紙模型製作出形狀來。

因為弄不到漿糊，做起來實在很累人。

「哦──亞里沙殿下真是雙手靈巧啊。」

作。

「怎麼樣？」

在我詢問是否能製作之後，他便保證會委託身為堂哥的木匠和鐵匠以多餘的零件進行試作。

就這樣，我的貧窮國家內政作弊生活邁向了第二階段。

超絕美少女現身！與個性溫和的異母姊姊露露相遇

「毛豆真好吃——」

在實驗農場進行的四年輪耕法雖然只是第三年，但多虧了這三年裡種植豆類的農家遽增，餐桌上也經常會出現豆類料理了。

由於使地力回復的豆類以及提出了搬運腐葉土的貓車，平民區似乎多了不少人用「智慧之神的愛女」或「富國的隱姬」的暱稱來稱呼亞里沙。

話雖如此，因為是來自於園丁班恩和莉莉的情報，所以實際上沒有當面被這麼叫過。

身體成長至小學一年級程度的亞里沙，依舊還是無法來到城堡外面。

除了溜進哥哥們的課堂裡之外，潛入城堡的圖書館或資料庫當中翻找書籍及資料的次數也變多了。

況且，出名所帶來的並非都是好事——

「那個人！把妳剛才放進懷裡的紙樣拿出來。」

「亞……亞里沙殿下？您在說什麼呢？」

「現在物歸原主的話，我只會開除妳侍女的身分哦。」

就像這個笨侍女一樣，漸漸開始有貪婪貴族的爪牙混進來。

倘若願意實施我的富國方案，要利用的話也不是不可以，但他們大部分都只為了私利私欲，所以就不能輕易傳授了。

另外，那個不算好也不算壞的半瞇眼女僕在去年就因結婚而辭職了。當初在知道對象是個青梅竹馬的清爽系帥哥時，我記得自己還嚇了一跳。

「我什麼也沒做！亞里沙殿下，太過分了！」

惱羞成怒地佯裝成被害者的笨女僕，按住自己的懷中跑了出去。

「唉……都是一群笨蛋。」

看準走廊上奔跑的女僕背影，我伸出了右手手掌。

血液退去的感覺傳來，魔力逐漸集中於掌中。

——精神衝擊波。

無詠唱釋放的魔法，收割了笨女僕的意識。

「——制裁。」

俯視著因慣性而在走廊上翻滾的女僕，我一邊擺出了勝利動作。

剛才所使用的「精神衝擊波」是遭嫌惡的精神魔法之一。

原本曾一度打算封印，但最後還是經不起想使用魔法的渴望而取得了精神魔法技能。

想不到自我確認技能，居然擁有能夠利用升級時獲得的技能點數來取得任意技能的機能。

關於其他自我確認技能的密技，某位勇者大人告訴我，還有以無詠唱來施展具有行使經驗的魔法，以及將取得技能重新設定成預設狀態等方法。

「亞里沙殿下！這究竟是？」

從樓下趕上來的莉莉，見到昏倒於走廊的侍女後發出驚呼聲。

「我只是在抓小偷而已哦。」

「唉呀，又來了嗎？」

我從侍女的胸前取出了水手服的紙樣。

真是的，偷這種東西究竟想幹什麼呢？

「乾脆讓別人偷走，然後直接奪回完成品會不會比較省事呢？」

——不行呢。

攸關個人嗜好的角色扮演服裝，還是要自己製作才有醍醐味。

雖然用買的也行，不過即使做得再爛，親手製作的果然還是比較讓人留戀呢——

「我去叫衛兵過來，亞里沙殿下請您先回房間。」

「好——」

負責戒備這個別棟的警衛應該知道我頭髮的事情，不過莉莉似乎並不想讓我隨意在人前露面。

正當我在房間裡繪製新衣服的草圖之際，莉莉回來了。

「那個人已經交給侍女長處分了。」

「是喔。」

不過，那個侍女長也是貪婪貴族一族出身的呢。

「真是的，不是看我年紀小就瞧不起人，要不然就是貪婪貴族的爪牙。世事總是不如人願呢。」

不知道半瞇眼女僕願不願意回歸職場呢？

「我說，莉莉。除了那些瞧不起我或是貪婪貴族的爪牙，其他無論是誰都好，趕快把繼任人選帶過來吧。」

「您這麼說也……」

莉莉似乎一時間提不出候補人選。

倘若剛才的條件再加上肯任勞任怨處理雜務，我就不會特別要求其他的能力了。

招聘人才無論在哪個世界好像都很困難呢。

◆

「莉莉的女兒？就是這孩子嗎？」

莉莉帶來了一個年約九歲名叫露露的少女。

因為瀏海阻擋所以看不到臉，但容貌上的確很像是莉莉的女兒，

話說回來——

儘管滿足了之前提出的條件，但年齡未免也太小了，

幼女身材的我這麼說或許很好笑，不過轉生者對於一個沒有知識作弊的小學三年級少女來說，負擔實在太重了。

「莉莉，我要的不是同年齡的玩伴，而是代替我處理雜務和幫忙傳話的人！」

真要說的話比較希望是學者或官僚，但沒有的東西再強求也無濟於事吧。

「不用擔心，這孩子很勤勞哦。雖然不適合粗重的工作，不過個性認真，很適合處理雜務和傳話。」

莉莉的推銷讓我重新審視起莉莉的女兒。

或許是生性害羞，對方在我對上目光後像小動物一般發抖並躲在莉莉身後。

「快向亞里沙殿下打招呼吧。」

「啊，嗯……初……初吃見面，亞里沙殿下。我是莉莉的女兒露露。」

過於緊張的露露拚命向我打招呼，絲毫沒有發現說話結巴和發音錯誤的事實。

真的不要緊嗎？

——哦？

為了確認在意的某件事，我一步步走向露露，一把掀起遮擋她臉部的瀏海。

「呀！」

露露發出刺激保護欲的可愛尖叫，整個人別過臉去。

儘管只有一瞬間，但我目睹的臉龐卻比至今看過的任何童星偶像更為姣好。

小學三年級就這種程度，要是再過五年似乎會成長為連美少女偶像或寫真模特兒都會光著腳逃之夭夭的超絕美貌吧。

而且並非這個國家普遍的北歐風格長相，看起來更接近現代日本人的面孔。

「嘖！長得一副現充臉——」

在內心有些自暴自棄的同時，我整個人背向了露露。

「——勝利組一生下來就擁有了一切。」

原以為今生的自己已經是很出色的美少女，但還是無法跨越這道牆。

除了很香的肥皂和化妝水之外，還要再開發什麼比較好呢？

「亞里沙殿下，這孩子的容貌雖然稱不上漂亮，但在這個年紀卻是做事相當穩重的好孩子，還請您不要嫌棄她。」

「——啊？」

聽到這番莫名其妙的發言，我回頭望向莉莉和露露。

「容貌不佳？」

莉莉這位母親不像會將自豪的女兒拿來謙虛，而露露本人也望著地面試圖用瀏海來遮蓋臉龐。

「妳在說什麼啊，莉莉？這種美少女臉龐還叫容貌不佳，那麼這個國家就沒有美女了哦？」

面對我的問題，莉莉換上打從心裡覺得「莫名其妙」的表情望著我。

在這之後，我和莉莉不斷溝通以化解雙方的誤會，終於了解露露的容貌被當地人視為

「醜陋」的事實。

倘若生在日本的話，明明就能成為風靡一世的偶像了。真是可憐的孩子呢。

「露露，我就把妳留在身邊當個打雜的吧。」

出於些許的同情心，我決定僱用對方。

「真是太好了呢，露露。」

「謝……謝謝您！我會像『馬牛』一樣努力工作的。」

莉莉對愣住不動的露露這麼催促後，她立刻就像搗蒜一般不斷地低頭行禮。

『露露，裙子翻起來了哦？』

「那個？亞里沙殿下？」

「沒什麼。」

面對疑惑的露露，我將腦袋轉向一旁結束了對話。

或許因為是這個國家裡不常見的動作，我還以為這孩子可能也是轉生者，但既然用日語無法溝通，看來就不是這麼回事了。

◆

「亞里沙殿下，園丁班恩先生來了。」

「帶他進房間吧。」

「是的！」

出於同情而僱用的露露，比想像中還要有用。

並非有什麼地方很優秀，而是那種努力想貢獻力量的心態讓我很欣賞。

不過偶爾會覺得自己在面對一隻怯懦的室內犬就是了。

過了一會，班恩在露露的帶領下來到了房間。

「亞里沙殿下，這是您之前委託製作的水管試作品。」

我接過了班恩的從堂兄弟在鍛冶工房製作的金屬管。

「動作真快呢。」

「嘿，只是把薄金屬片捲起來，用鉚釘固定住而已，製作起來比焊接簡單多了。」

鉚釘方面我請對方沿用了原本接合板甲所用之物。

「不過，亞里沙殿下，一開始還行，但用了一陣子就會漏水，這樣也沒關係嗎？」

「嗯嗯，因為我打算把這個當作傳聲管。」

「傳聲管？」

我的話讓班恩傾頭不解。

由於結構簡單，原本還以為這個世界也會有，但似乎不存在的樣子呢。

「就是把這種金屬管從這個房間鋪設到另一個房間，建立起可以傳遞聲音的架構哦。」

我將紙捲成圓筒，簡單說明了其架構。

「原來如此——」

儘管已經了解構造，班恩似乎還不懂這是用來做什麼的。

畢竟這裡沒有可供便利使用的通信系魔法或道具，所以光是有傳聲管應該就可以當作樓層之間的內線來使用了呢。

「總之，就在這個別棟裡安裝看看吧。」

我能自由支配的資金，都是靠著之前賣給沙珈帝國商人的玩具權利來維持的。

像這種時候必備的黑白棋，早就已經被過去的勇者和轉生者們所推廣開來，其他也還存在著將棋、麻將、雙陸和西洋棋等等。

於是我嘗試將前世的友人所玩過的遊戲書推銷給了商人。

順帶一提，所謂的遊戲書是一種在行動的選項裡寫有頁數編號，藉由閱讀指定的書頁來進行故事的遊戲。

最初選擇沙珈帝國人氣最高的初代勇者大人故事作為題材，應該算是賭對了。

儘管書籍本身的高單價也是因素之一，但由於商人認為可以將其賣給沙珈帝國的有錢貴族甚至是民眾所以不惜出了一大筆錢，我才暫時能夠在不顧慮預算的情況下嘗試製作各種東西。

◆

「——原來如此呢。」

我傾聽著從設置完畢的傳聲管裡傳來的聲音。

『看到服侍禁忌公主的那個新女孩了嗎？』

『看到了看到了，就是那個醜八怪。』

『別說了，醜八怪會生氣哦。』

露露最近怪怪的，所以我選擇女僕和雜工的休息室作為傳聲管的實驗場所。

為了分擔莉莉的工作，總是會有當天來回的傭人們從王城的本館過來這裡。

『啊——跑掉了。』

『一定是因為沒辦法反駁自己的醜陋吧。』

看樣子，露露似乎遭遇了霸凌。

總之先把這些享受霸凌快感的人渣統統解決掉再說。

『不過，那是莉莉小姐的女兒吧？』

『不用擔心哦，那個人光是應付禁忌公主和國王就夠忙了。』

『咦——國王側室的傳聞，原來是真的嗎？』

就在思考報復手段之際，意外的情報傳入了我的耳中。

『要不是這樣，就算對象是禁忌公主，身為平民的莉莉又怎麼能當上奶媽呢？』

『聽妳這麼一說，確實如此呢——』

『這麼說，那個醜八怪就是禁忌公主的姊姊嗎？』

我的身後傳來了托盤和杯子摔破的聲音。

聲音似乎傳到了傳聲管的另一端，可以聽到急忙奔出休息室的聲響及腳步聲。

我關上傳聲管的蓋子，整個人轉向身後。

臉色蒼白的莉莉就佇立在那裡。

「換句話說，傳聞是真的了。」

莉莉頂著罪犯一般的表情跪拜道：「真是非常對不起。」

「抬起臉來，莉莉。還有千萬不要提什麼辭去奶媽工作的事情哦。另外，也不能解僱露露。」

若不事先叮嚀的話，等到隔天早上辭呈出現在桌子上就傷腦筋了。

「剛才談論傳言的那三個人，名字都知道吧？」

「是的。」

莉莉列舉出的名字，都是和貪婪貴族有關之人。

難怪對奇怪的傳聞特別清楚。

我讓莉莉退下，然後邀請表情黯淡地走進房裡的露露一塊喝茶。

「——不管怎麼樣，先來吃東西吧。」

畢竟空著肚子，情緒很容易就變得悲傷。

「很……美味。」

「不用客氣，多加一點蜂蜜哦。」

就彷彿姊姊在照顧妹妹一般，我請露露享用烤點心和蜂蜜。哎，雖然露露實際上是我的姊姊啦。

在烤點心數量減少至某種程度後，我道出了一則專為露露講述的童話。

「很久以前，有一座湖裡，住著一家鴨子——」

聽著我所講述的「醜小鴨」故事，露露起先表情很難受，但最後在醜小鴨變成天鵝的那一幕便換上笑容反覆喃喃著：「真是太好了呢。」

「知道了吧？容貌純粹是觀者的喜好問題。等長大之後，一定會有人稱讚露露是最漂亮的哦。事實上，對我來說露露就是最棒的美少女了呢。」

儘管未能讓她相信這句話的後半部，不過感覺露露已經稍微對我敞開心房了。

當天的中午過後——

「亞里沙，分一點蜂蜜給我。」

已經完全變成胖子臉的艾魯斯第五王子過來找我玩耍。

他如今完全體現了改善熱量攝取狀況後所造成的負面影響。

「艾魯斯哥哥，請聽一下可愛妹妹的請求哦。」

我摟著第五王子的手臂這麼可愛地懇求後，對方便紅著臉答應了。

嘿嘿嘿，純真正太果然就是好。

「——夠了。」

請第五王子幫忙找來的席達姆第三王子，在透過傳聲管聽到我和露露的壞話之後露出不悅的表情。

我蓋上傳聲管的蓋子，向第三王子道：

「剛才那些女孩，是背後支持席達姆哥哥的那些人送進來的哦。」

「知道了。我會以對王族不敬的罪名處決她們。」

「——喂！」

我下意識發出了吐槽聲。

真是的，沒必要突然就砍頭吧……

雖然這次所講的壞話就連我聽了都很傻眼。

「拜託請低調一點哦。就當作席達姆哥哥在曝光之前把事情控制住，將那些孩子送回老家，至於接替的女僕或雜工只要換成品行好一點的就可以了。」

「亞里沙妳太天真——不，是太善良了呢。」

席達姆哥哥撫摸著我的腦袋。

他原本想要斥責，但考慮到我的年齡後似乎就改變了措辭。

「這些笨蛋的處分就包在我身上。我很期待美味的蜂蜜哦。」

「嗯嗯，交給我吧。」

儘管外表有些成熟，看來還抗拒不了甜食的魅力呢。

言出必行的席達姆哥哥動作很快，隔天就幫我將霸凌的那些人排除了。

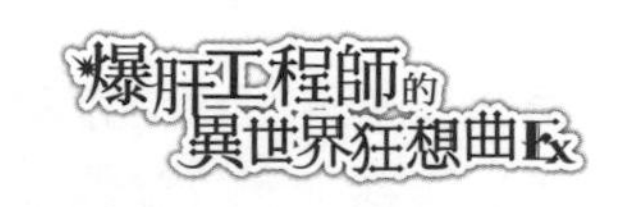

「那個，亞里沙殿下……」

然後，得知霸凌集團遭到排除一事的露露前來向我確認。

似乎是接替人選特地找上了露露，為前任的霸凌行為向她道歉。

「謝謝您為了我這麼做。」

「不要說得那麼低聲下氣。」

我讓準備要跪拜的露露站了起來。

「況且，我保護自己的家人是理所當然的事情吧？」

聽我這麼說之後，露露流著淚水不斷唸著「謝謝您」。

用得著這麼高興嗎？

「不過，您是從哪裡得知我被欺負的呢？」

「哼哼，遇上我的順風耳，要偷偷說壞話是不可能的哦。」

我得意洋洋地將傳聲管的事情告訴露露。

「亞里沙殿下真是太厲害了！」

露露換上至今從未見過的笑容激動說道。

哇——綻放笑容的美少女震撼力就是不一樣。

一不小心好像就會誤入百合路線，真是可怕呢——

邁向改革的障礙

「呼，一個循環好歹算是成功了嗎？」

在園丁班恩老家的農田展開實驗的四年輪耕法已經完成了一個循環，而我也到了七歲的年齡。

或許是狀況原本就很糟糕的緣故，小麥的收成僅達到四年前的八成——也就是有庇佑的豐收年度所收成的量。

至於平行實施的豆類種植及翻土時加入腐葉土的作法，似乎因為口碑良好而擴大到了班恩一家周邊的農田。

可以的話，真想推廣至庫沃克王國全土，但在沒有電話或網路的世界裡，僅靠著口耳相傳就不知道要花幾年的時間了。

所以，我——

「——不准。」

我懷著彷彿想成為漫畫家而攜帶稿件前往出版社投稿的心情觀察著對方的反應，但那個人卻拋出了不帶任何感情的一句話。

被散落地丟回桌子上的，是我最近花了半個月寫成的「連猴子也看得懂的四年輪耕法」簡報資料。

以最精簡的文字寫成的第一頁可了解其概要，第二頁之後則是鉅細靡遺地記載了佐證資料，但我的得意之作卻似乎未能打動這個人的心。

「因為席達姆拜託我才過來一趟，不過現在看來是在浪費時間。雖然多少取得了一些成果，但自大也該有個限度吧。」

那個人——和我出自同一母親的阿留斯第一王子，用冷酷的目光俯視著這邊同時告知道。

「可別小看『王之力』。只要這幾年來一直持續的魔物連鎖暴走結束，就可以將『王之力』用在大地的收成上。就算不用仰賴像妳這樣的瑕疵品，這個國家也會恢復往日的豐饒。」

——瑕疵品？

指的是我的禁忌色頭髮嗎？

老實說很氣人，不過還有比這更令我生氣的事情。

「何時會結束呢？」

「什麼？」

聽不懂我的問題，第一王子發出疑惑的聲音。

「我在問，魔物的連鎖暴走什麼時候結束？」

儘管也有小康狀態的年度，但如今的狀況已經持續長達五年了。

「哼，很快的。」

——根本無法溝通。

「很快？」

「很快就是很快。」

「也就是說，無法肯定今年會結束吧？」

「當然了！魔物的動向豈能夠完全掌握！」

沒救了。

身為無能經營者的第一王子，其發言讓我無法克制情緒的激動。

「然後，這段期間，庫沃克亡國的基層人民就會陸續餓死吧？」

「國庫已經為此開放了！」

第一王子有些歇斯底里地叫道！

根據向班恩和席達姆哥哥打聽來的消息，國家的援助所及的王都周邊還好說，但國內的邊境各村卻已經出現逃往國外的人，可見糧食不足已經到了嚴重程度。

「阿留斯哥哥，您是否像席達姆哥哥他們那樣視察過邊境的村莊了呢？」

「當然。四年前跟父親大人一塊看過了。不要把我跟妳這個從沒出過王城的傢伙相提並論！」

四年前嗎？

那是歉收剛開始的時候。

當時各村應該還有儲備的糧食才對。

「既然如此——」

「我已經聽夠妳這傢伙的瘋言瘋語了。」

將自己的同母妹妹稱呼為「妳這傢伙」嗎……總覺得自己被第一王子異常厭惡呢。

明明就沒有面對面接觸過，真是令人不解。

「我以王太子的身分下令，今後禁止策劃任何的改革。」

第一王子高高在上地撥開斗篷，用誇張的動作這麼宣布。

「妳就在這個別棟裡反省，讓腦袋冷靜一下吧——妳這個只會讓母親大人傷心的瑕疵品。」

「——咦？」

相較於改革遭到禁止、被迫待在別棟裡反省的命令，我的言行讓母親感到悲傷的事實令我更受到了打擊。

儘管是幾乎沒有見過面的母親，我卻彷彿感受到了超乎想像的親情。

◆

「嗯——大失敗。」

將整個上半身趴在桌子上，我一邊發著牢騷。

根據席達姆第三王子的說法，第一王子是個很保守的人，但我卻不知道對方一直因為母親的事情而對我懷恨在心。

看來我事前太疏於收集情報了。

「亞里沙殿下，這樣很不雅觀哦。」

「好——」

露露這麼叮嚀著一邊替我沖泡香草茶。

香草是莉莉在別棟裡種植的，所以不用錢。

「該怎麼辦才好呢——」

若對方強詞奪理倒還有辦法，但出於感情否定一切的對象就很難搞定了。

「——亞里沙、亞里沙！妳在聽嗎？」

「咦？艾魯斯哥哥。」

不知什麼時候來到房間裡的第五王子，正盯著我的臉。

這孩子好像一有空就會跑過來玩。

真有那麼喜歡蜂蜜嗎？

「亞里沙妳真是的。」

「抱歉抱歉，話說有什麼事嗎？」

我安撫著明顯氣呼呼的第五王子。

「貝利茲哥哥從留學的沙珈帝國回來了。很快就會抵達城堡，所以我來找妳一起去哦。」

我全速運轉大腦，回憶起貝利茲哥哥的情報。

記得是第二王妃所生，比我大九歲的第二王子，好像跟淘氣的杜特第四王子是同母兄弟吧。

第二王妃則似乎是鄰國優沃克王國的王妹。

自從五年前換代之後，關於優沃克就沒有聽過什麼好的傳聞。嗯，雖然我們這個連年歉收的國家也是一樣呢。

「抱歉，艾魯斯哥哥，阿留斯哥哥命令我反省所以不能外出哦。」

「不要緊，這種事不說就沒人知道了啊。」

拗不過第五王子的推波助瀾，我於是出門觀看第二王子的歸來遊行。

當然，事先也用布遮蓋住我那醒目的紫髮，還穿上了女僕偷偷去買東西時所穿的那種附面紗的外套才正式出發。

城門附近聚集了大量城裡的人，氣氛顯得頗為高漲。

莫非第二王子很受歡迎嗎？

「是貝利茲哥哥！」

發現紅頭髮的第二王子後，第五王子便丟下我一人獨自衝向了遊行隊伍。

異母兄弟往往給人感情不佳的印象，但第五王子卻似乎很喜歡第二王子。

「比想像中還要帥氣哦？」

以高一左右的年齡來說感覺相當成熟，在瘦削的臉頰和細長的眼睛襯托之下，看起來彷彿在盤算什麼陰謀的樣子。

是眾哥哥裡面所沒有的類型。

嗯。不過畢竟連內向的第五王子都很黏著他，想必只是外表讓人誤會罷了吧。

我下意識用「能力鑑定」技能查看後，對方居然高達二十級。看來他在沙珈帝國下過相當的苦功呢。

「──嗯？」

緊跟在第二王子身後的騎馬隊伍當中，有一名全身用長袍包住的小個子。

我好奇試著使用了「能力鑑定」，但或許是因為身體未暴露在外而沒能看到對方的等級和名字。

「「「呀──！尼斯那克大人！」」」

女性們發現帥哥文官後發出了尖叫。

被打斷注意力的我，於是不再去觀看小個子長袍的情報了。

嗯嗯，反正技能為「無」，大概是第二王子的情婦或侍女吧。

我轉換一下思考，將目光投向了帥哥文官。

「原來如此，很像是昭和時代的少女漫畫中受歡迎的那種類型呢。」

明明是男人，卻擁有露露一般漂亮的黑色長髮。

不知為何，在對上目光之際親切地朝我這邊眨了一下眼睛。

他是蘿莉控嗎？

「唔，單純只是在勾引女人吧。」

彷彿連續攝影的照相機一樣，他對每個觸及目光的女僕們都眨了眼睛。

若有人揮手也會反過來以爽朗的笑容揮手回應，總覺得是很難應付的類型。

「——優沃克的騎士？」

「為什麼會出現在殿下的隊伍裡？」

見到隊伍的後方，傭人和女僕們都彼此低聲鼓譟著。

正如他們所言，隊伍當中跟著好幾騎身穿陌生軍裝的騎士。

我有些好奇，便使用「能力鑑定」來觀看優沃克的騎士們。

看樣子，那些騎士好像都是效命於二王子的母親——第二王妃的老家。

就這樣，我也一併眺望了跟在騎士後方的載貨馬車和徒步的人們。

「姆姆姆？」

有個情報模模糊糊的人。

是個身材異常高瘦，手臂出奇地長的男人，所屬為「庫沃克王國，下級傭人」，但總覺得投射而來的影像很不清楚。

我揉揉眼睛試著再次使用「能力鑑定」技能後，所屬居然變成了「庫沃克王國，諜報部」。

看來那個人就是間諜了。

身上似乎還擁有可以攪亂鑑定技能的道具。

在這之後我繼續調查，發現另外還夾雜著兩名間諜。將間諜派遣至鄰國或許是件很普遍的事情，不過我還是有點嚇一跳呢。

為保險起見，得在我所居住的別棟設下周邊警戒用的精神魔法才行呢。

◆

「一切風平浪靜——」

距離發現間諜已經過了一個月，並沒有發生什麼暗殺行動或事件，持續過著相當太平的日子。

我事先吩咐過莉莉、露露還有園丁班恩，千萬別輕信第二王子與其周邊的人們。

園丁班恩傳來了報告，那個疑似間諜的男人前來打聽過豐收的祕密。

班恩只是隨口回答「這是受國王特別庇佑的」來混淆對方。

「亞里沙，就是那塊農田嗎？」

為了轉換一下心情，今天我順道坐上席達姆第三王子的馬車朝著班恩的實驗農場而去。

艾魯斯第五王子和莉莉也一起跟著。

「哇啊——好厲害，亞里沙！只有那塊田跟其他的完全不同！」

第五王子發出了驚呼聲。

「——真是驚人。」

儘管已經知道了數字，實際看過之後的震撼力就是不一樣。

周圍的農田也開始在改善當中，不過仍呈現出了明顯的差距。

當然，我無意主張這一切都是自己的功勞。因為，這種成果已經遠遠超出了我的想像了。

想必這一定是班恩一族懷著粉身碎骨的念頭努力達成的。

「奇怪？尼斯那克也在。」

第三王子的目光盡頭處，赫然是態度過於親切的黑色頭髮帥哥文官。

察覺到我們的尼斯那克親切地揮了揮手。

他並非第二王子的派閥，而是與貪婪貴族勢均力敵的大臣，他的兒子。

工作上似乎挺有才幹，不過異性關係就相當不檢點，回國還不到一個月的時間就已經跟好幾名女性發生關係了。

「午安，席達姆殿下和艾魯斯殿下——另外席達姆殿下身後的莫非就是——」

「別在意，是我的侍女。」

第三王子擋住了想要看清我長相的尼斯那克。

阿留斯第一王子下達的反省命令還未解除，所以要是讓尼斯那克知道我在這裡的話就會有些麻煩。

「這樣啊。原來是侍女。」

尼斯那克帶著意有所指的表情不斷點頭。

——這傢伙該不會發現了吧？

「我正要在班恩先生的帶領之下前往查看名為堆肥的東西，不嫌棄的話兩位殿下是否也一併同行？」

——啊，笨蛋。

「嗯，我們就是來看那個的。」

我和第三王子還來不及制止，第五王子就多嘴說了出來。

「那麼真是巧呢。」

「嗯！——怎麼了，哥哥？」

第五王子一臉納悶地望著第三王子。

「沒什麼！走吧！」

第三王子帶著壓抑怒氣的表情走在前頭。

出聲時的語氣明顯不悅，簡直就像個小孩子一樣。

不過啊，欣賞那種未成熟的地方，正是少年觀察的醍醐味呢——

「好臭！」

「哈哈，堆肥本來就很臭了。」

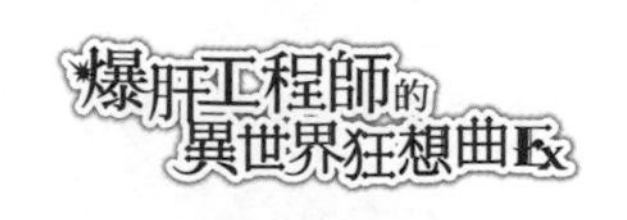

見到捏著鼻子的我們，正在翻動堆肥的班恩一族男性露出了微笑。

嗯，雖然是第一次來到現場，堆肥看來還挺順利的樣子呢。

「那是在進行什麼作業？」

「哦，這個叫翻攪，是為了讓堆肥能夠充分發酵哦。」

男性回答了尼斯那克的問題。

「那是你想出來的嗎？」

「不，是城裡的公主殿下教我的。」

「莫非種豆子和蕪菁，也是亞里沙殿下的主意嗎？」

「是啊。就連那裡的手推車也是公主殿下想出來的。」

聽了男性的回答，尼斯那克瞇細雙眼，意味深長地斜眼望向這邊。

——被拆穿了。

看樣子，尼斯那克似乎已經察覺到我的身分就是亞里沙。

在這之後，尼斯那克充分發揮了提問者的工作，讓我得以親眼目睹班恩一族作弊般的活躍表現。

唉呀——真是太厲害了。

實地針對我一知半解的知識不斷嘗試錯誤，想必一定很辛苦吧。

等班恩下次造訪別棟的時候，一定要好好稱讚以慰勞他們。

另外，對方之前提過有孩子快要出生，所以抄襲地球的童話故事來製作繪本贈送給他們也不錯呢。

既然從事園丁和農業工作，就選擇《傑克與豌豆》或《螞蟻與蚱蜢》比較好吧？

◆

「亞里沙殿下，之前未能問候，真是失禮了。」

視察的隔天，帥哥文官尼斯那克就造訪了我的別棟。

真是想不到，居然這麼快就過來了。

好有行動力的人。

「我們不是『初次見面』嗎？是否方便請教一下你的名字？」

我看似納悶地傾頭說道。

呼哈哈，以為那種廉價的小伎倆會對亞里沙管用嗎？

「那就這麼辦吧。我是托魯艾斯大臣身邊的文官，名叫尼斯那克．托魯艾斯。」

聽我這麼說後，尼斯那克也神色若常地做了自我介紹。

總覺得是很饒舌的名字。

「那麼有何要事呢？」

「我想自己應該可以協助亞里沙殿下悄悄進行的農業改革，就急忙趕過來了。」

所以才會去視察園丁班恩一族所經營的實驗農場嗎？

他的老家和鄰國的優沃克王國以及貪婪貴族們都保持著適度的距離——除了女性關係太複雜以外——所以某種角度上是個相當理想的搭檔，不過現在的時間點太不巧了呢。

「托魯艾斯先生，你知道我被阿留斯哥哥禁止這項行為的事情嗎？」

再怎麼說，要是害得大臣的下一代繼任者與第一王子彼此反目就不好了。

「是的，很清楚。」

尼斯那克理所當然地點頭。

「我並不打算違背阿留斯哥哥的吩咐。」

「是的，當然了。」

尼斯那克更加瞇細雙眼，加深了笑容。

該怎麼說？這傢伙實在太適合「爽朗陰險眼鏡」這一類的奸詐面孔了。

「待我從阿留斯殿下那裡獲得許可之際，還請您幫忙解決這個國家的糧食問題。」

「嗯嗯，若能穩當地取得許可的話我就出手幫忙。」

「——那麼請您期待好消息。」

尼斯那克頂著自信滿滿的表情做出了臣下之禮。

不知不覺中，協助者已經從對方變成了我，但倘若能替我解決家人之間的問題，我自然也沒有怨言了。

庫沃克王國的黎明

「亞里沙殿下，您聽了一定很開心。準備得相當完美。」
尼斯那克誇下海口離去後僅僅三天，他再度造訪了別棟。
才剛問候完就換上得意洋洋的表情倒是無所謂，只不過——
「是什麼的準備，先解釋一下吧。」
「真是對不起。」
尼斯那克出言道歉後，要求我摒退其他人。
「在這裡的都是自己人哦。絕對不會洩漏出去的。」
待在這個房間裡的只有莉莉和露露。
「這是關於王家的敏感話題……」
「亞里沙殿下，我還是先退下吧。」
貼心的露露退到了其他房間。
再怎麼說也不能讓公主與沒有婚約的男性兩人獨處，所以莉莉就留在房裡了。
「我直接找陛下談判過了。」
真是令人佩服的行動力呢。

不過——

「忘記我說過，要穩當地進行嗎？」

「是的，所以直接談判的內容就是請求陛下和第一王妃跟亞里沙殿下祕密會面，以消除彼此間的隔閡。」

——在專制君主制的國家裡，真虧他敢這麼亂來呢。

要是一個弄不好，即使是大臣的兒子也很可能會被抓去砍頭哦。

「沒有提到改革的內容嗎？」

「是的。不過，陛下恐怕都知道了。」

嗯，說得也是呢。

「我懂了。那麼密會的時間和地點呢？」

「地點在這裡，時間為本日起算三天之內的深夜。」

對方聲稱日期和時刻尚未確定，主要是為了不讓其他王妃和側室們察覺。

由於是地處偏僻的鄉下國家，似乎有許多勢力厭惡我的紫色頭髮。

「這樣就好。幫我帶話給父親大人和母親大人，就說『我會等著』。」

「知道了。」

尼斯那克點頭答應後轉過身去。

「——差點忘記了。」

中途再度回頭的尼斯那克這麼出聲告知。

「有某些跟鄰國私通的人正在刺探亞里沙殿下您的實驗農場。我想應該沒有人會做出魯莽的舉動，但對於陌生之人還請多加提防。」

情報來源據說是他所認識的一位人稱隱者的人物。

聽起來實在相當可疑，但尼斯那克卻打包票表示對方是個可信賴的人物。

「嗯，謝謝你。我會小心的。」

就是之前園丁班恩提過的那些人了吧。

還是叮嚀一下負責警備別棟的人馬和莉莉他們好了。

◆

「——亞里沙。」

身體被輕柔地搖晃之後，我醒了過來。

浮現於黑暗中的美麗女性身影讓我瞬間做出防備動作，但我並未感到惡意。

「母親大人？」

睡眼惺忪地使用的「能力鑑定」技能，告訴我對方正是我的母親。

母親相當年輕，才三十幾歲而已嘛。

「啊啊，亞里沙。」

「母親大人——」

柔和的香水味和溫暖的體溫將我籠罩起來。

被母親抱住之後，我這才發現站在她身後拿著黯淡提燈的國王——父親的身影。

對了，今天好像就是造訪日。

「——父親大人。」

我在母親的擁抱之下朝著父親伸出了一隻手。

或許是清楚了解了我的意圖，忐忑走近的父親用深怕會弄壞東西的動作撫摸著我的手，然後跟母親一起擁抱我。

該怎麼說——真幸福。

儘管擔心實際見面後會不會就像見到陌生的叔叔和阿姨那樣，但如今卻能感受到超乎想像的親情。真是不可思議。

「亞里沙，要恨就恨我吧，別怪梅莉莎。」

父親表示怨恨的對象應該是自己而非母親。

「為什麼？我根本就沒有恨過哦。難道有什麼原因嗎？」

「……亞里沙，妳真聰明啊。」

父親對我的發言感到驚訝，愛憐地撫摸我的腦袋。

「莫非是禁忌色——果然是這紫色頭髮的緣故嗎？」

「——沒錯。」

面對我的問題，父親痛苦地點頭。

然後，在撫摸我的頭髮同時道出了原因。

「儘管是毫無根據的迷信，但有股勢力卻將其視為不吉利而打算將妳排除。」

為了保護我不被那個勢力傷害，於是便將我隔離在別棟裡。

「不管哪個時代，都有迷信的人呢。」

在國王的庇佑——都市核的力量加持之下，這個別棟裡據說布下了可以擊退帶有殺意之人的結界。

根據之後聽來的內容，要布下結界似乎得消耗大量的魔力。

「——怎麼會？」

「怎麼了，父親大人？」

父親突然換上凝重的表情發出驚呼聲。

「有人突破結界了。」

我急忙以無詠唱發動了周邊警戒用的精神魔法。

從一樓入侵的有三人，利用雨水槽從隔壁房間窗戶進來的也有三人。

儘管擔心露露和莉莉的安危，但一樓的那些人只是經過兩人的房間前，朝著樓梯的方向而來。

「親愛的。」

「別擔心，身為庫沃克王國的國王，我豈會在王城裡屈居他人的下風。」

面對不安的母親，父親用帥哥笑容回應道。

「庫沃克王在此懇求。庫沃克的英靈啊，賜予我手中神器——」

父親大人對著半空中這麼詠唱之後，手中便出現了散發藍光的幾何構造結晶體，漸漸改變形狀化為權杖一般的外型落入父親的左手裡。

「——父親大人，來了！」

我單方面告知了透過警戒魔法得來的敵人接近情報。

父親右手拔劍的同時，三個男人也踹破房門入侵而來。

「■　誅伐。」

權杖釋放的電擊照亮了漆黑的房間，伴隨劈啪的刺耳聲響同時將兩人電得焦黑。

——父親真是太強了！

「國王為何會在禁忌公主的公館內？」

最後一名黑衣人亮出白刃，這麼喃喃自語的同時朝我衝來。

根據我「能力鑑定」技能的情報，這個黑衣人為二十三級。等級上比三十一級的父親還弱。

所以將精神魔法輔助控制在最低限度應該也沒問題吧。

「竟敢與國王為敵！」

父親的劍擊碎黑衣人的彎刀，反手一劍砍斷了對方的手臂。

哇啊——太暴力了——

「說出雇主的名字，我就讓你死得痛快哦！」

「——」

父親道出不知是出於憐憫或最後通牒的這句話。

黑衣人說了些什麼，但聲音太小聽不到。

就在這個房間裡的所有目光集中於黑衣人的瞬間——

「蠢蛋。」

——白光充斥了整個房間。

眼睛，我的眼睛————！

被突如其來的閃光所迷惑，我的身後同時傳來了有人爆破牆壁入侵的聲響。

糟糕。是一樓入侵的那些人。

「就算眼睛看不見——」

也能靠著警戒魔法來得知位置。

——精神衝擊波。

我伸出的右手釋放了看不見的攻擊。

不同於以前用在竊盜女僕身上的那種，而是毫無節制的全力攻擊。

「嗚啊！」

「呃哦！」

兩名盜賊被直接命中後傳來倒地的聲音。

嘿嘿，這就是亞里沙的實力哦！

「——哇啊啊啊！」

我突然被什麼東西蓋住，整個人遭到上下甩動。

「亞里沙！」

「亞里沙！」

可以聽到父親和母親焦急的聲音。

「放開我！」

「安分一點！」

我拚命掙扎但卻無濟於事。

對方連同困住我的袋子一併砸向某處讓我差點無法呼吸。

「■■■　狀態異常解除。」

聽著身後傳來的父親聲音，我就這樣被裝在袋子裡飛上了天空。

看樣子，盜賊的目的並非暗殺我或父親他們，而是為了綁架我。

◆

「呼，只要來到這裡，接下來等待那些鳥人過來迎接就行了。」

盜賊這麼喃喃說著，然後將困住我的袋子一起放在堅硬的地面。

根據警戒魔法的情報顯示，這附近只有我跟這個傢伙而已。

倘若再不做些什麼的話，我就很有可能會被帶到陌生的國家去了。

——自己能容許這種事情發生嗎？

根本用不著問自己。

當然不能容許了。

我一吸一呼做了個深呼吸。

然後將意識集中於心底深處的火種般力量。

——不屈不撓。

不需要屈服任何人，可消滅高等級之人的特殊技能。

要確實殺死比等級七的我高出三倍以上等級的對手，這是必須的技能。

我全身散發紫色的光，一股無所不能的感覺讓內心激動起來。

儘管擔心光會洩漏至袋子外面，但男人卻毫無反應的樣子。

緊接著，我又冷靜地發動了第二種特殊技能。

——力量全開。

紫色的光如火焰一般溢滿，瘋狂的熱量在我嬌小的身軀當中肆虐著。

「剛才的光是——」

被發現了。

不過，已經太遲了。

「喝啊啊啊啊啊啊啊啊啊！」

從袋子裡伸出的右手，擊出了看不見的攻擊。

「唔哦哦哦哦哦！」

被兩種特殊技能提升至威力極大的「精神衝擊波」魔法，收割了男人的意識。

「一個控制不好說不定就殺人了呢。」

我從男人鬆手的袋子裡頭蹣跚地爬了出來。

施展特殊技能「力量全開」的副作用，讓我累得就連站起來都很吃力。

風好強。

看樣子，這裡是圍繞著城堡的城牆之一。

「——誰叫你掉以輕心的，蠢蛋。」

這個聲音讓我背部發涼。

我鞭策著疲憊不堪的身體轉過頭去。

「——黑衣人。」

是之前出現在第二王子的歸來遊行當中，身材異常高瘦且手臂出奇地長的男人。
其容貌與手中握著的刀子，讓我回憶起了前世的心理創傷。
「優沃克王國的人找我有什麼事呢？」
「也沒什麼事。」
黑衣人做出意外的發言。
「國內的那些人吩咐要把妳抓住帶回去，但我並不打算照辦。特地把一個會招致災禍的禁忌色女孩帶回國內，根本就是瘋了。」
哇啊！這傢伙原來也是超迷信的信徒。
──糟糕了。
難得已經跟父母和好，富國化也即將正式展開的這個時候，人生居然又要這樣子結束了。
不過，剩餘的魔力根本就不足以施展精神魔法。
即使想逃跑，麻痺的手腳暫時也無法恢復吧。
──走投無路了。
「去死吧。」
逼近的白刃讓我不禁閉上眼睛。
唰的一聲傳來劈砍血肉的聲音，溫暖的液體打濕了我的身體。
啊啊，還有好多事情想做呢。

可以的話，真希望跟日本人臉孔的正太嘻嘻哈哈地玩在一起。

「——我要求重來！」

我下意識這麼出聲，接著得知了自己還活著的事實。

「奇怪？」

莫非我擁有讓時間倒流的重置能力嗎？

——並非如此。

在我的目光盡頭處，高瘦黑衣人的身體已經分成兩半，落在血泊當中了。

「哼！還活著嗎？」

屍體的另一端，有個新的黑衣人走了過來。

等等，又來一個？

這又不是在吃碗子蕎麥麵，不要拚命幫我續碗好嗎？

這傢伙也很眼熟。就是出現在第二王子歸來遊行中的黑衣人。

我的「能力鑑定」技能也看不出對方的等級和名字。

想必是因為剛才那個人違抗了本國的命令，所以才起內訌肅清了自己人吧。

我吃力地將一隻手伸向了黑衣人。

「不想死的話就趕快消失。現在我可以不殺你哦。」

由於魔力還沒有回復，所以這完全是在唬人。

「到了這個地步還在虛張聲勢，真是個膽色過人的有趣女孩。」

「——亞里沙殿下。」

在黑衣人的後方，帶領著衛兵們的尼斯那克跑了過來。

「援軍好像到了。這下情勢逆轉了吧？」

「呵！」

我的話讓黑衣人嗤之以鼻。

莫非對方能夠打倒這麼多人嗎？

「——隱者大人！」

——咦？

「太慢了，尼斯那克。公主差一點就要變成屍體了啊。」

「真是對不起，隱者大人——您不要緊吧，亞里沙殿下？」

「嗯嗯，謝謝你的救援，尼斯那克。」

我向尼斯那克出言道謝，然後仰望著被稱為隱者的黑衣人。

「對不起，我誤會了。謝謝你救了——」

「不用道謝。之後交給你了，尼斯那克。」

打斷了我的感謝之言，隱者便從城牆上方一躍而下離開了。

看樣子，對方的實力似乎很強。

「這是什麼樣的一個人呢？」

「隱者大人是迷宮的研究者。為了調查位於王城地下的『枯竭迷宮』，才以食客的身分逗留在此地的哦。」

哦——我從來就不知道。

原來城堡的底下還有迷宮嗎？

嗯，既然是為了調查而順便逗留在此，難怪窮國裡會出現這麼一位實力人物了。

「是隱者大人察覺到賊人的動向後告訴我的。」

原來如此，所以才能比父親早一步追上來。

「亞里沙！」

「父親大人！」

過了好一會，我和追上前來的父親彼此擁抱，回到別棟之後前來迎接的母親又是一陣嚎啕大哭。

安撫完母親後，我和父親談論起關於改革的事情。

「真的要把改革當作是阿留斯的功勞嗎？」

「嗯嗯，我想這樣做對國家最好。」

以這個國家來說，由於異母兄妹之間可以結婚，所以若是全部都當成我的功勞，第二王子的派閥或許就會盤算著讓我嫁給第二王子，因此我決定要讓他們將矛頭對準阿留斯哥哥。

「實務方面我希望可以交給尼斯那克和班恩負責負責……」

「嗯嗯，那當然。那個班恩是園丁吧？維持平民身分的話也容易被小看。之後就賜他名譽貴族身分的一代爵位好了。」

「父親大人，太棒了！」

對於父親的絕妙提案，我不禁擁抱他這麼稱讚道。

畢竟這個改革的幕後功臣是班恩。這麼一點特權算是必要的呢。

「亞里沙，我向妳保證。」

父親對上我的目光這麼說道。

「在妳成年之前，我一定會讓妳從別棟移居回城裡的。」

「嗯，我很期待。」

儘管對於這個別棟很有感情，但一家人還是住得近一點比較好呢。

◆

「亞里沙殿下！成功獲得預算了！」

「好耶！尼斯那克幹得好！」

打從與父親他們和好的隔月開始，改革進行的速度也逐漸加快。

靠著這次獲得的預算，總算能夠在全國推廣四年輪耕法和製作堆肥了。

「亞里沙殿下，今天的點心是烤點心和蜂蜜哦。」

「養蜂也必須推廣才行了呢。」

「亞里沙殿下，養蜂是什麼東西呢？」

嗅覺靈敏的尼斯那克很快就上鉤了。

「等喝完茶之後再告訴你哦。既然是莉莉專程準備的，就乘著烤點心和茶還沒變涼之前趕快來享用吧。」

我一口咬下淋滿了蜂蜜的烤點心。

——真好吃。

無視於被我賣關子的尼斯那克所投來幽怨的眼神，我逕自從窗戶望向外頭射入的春天陽光。

然後走近陽光底下，靠著窗框環視外面的景色。

「露露——」

我出聲呼喚在一旁服侍的異母姊姊。

「——接下來這個國家將會改變哦。」

沒有人餓肚子的國家。

這只不過是第一步而已。

我所追求的是——

男女平等的國家。

想學習就能學習的國家。

對未來充滿希望的國家。

——然後是……

不必因為身分的貴賤而隱藏姊妹事實的國家。

「是的，是亞里沙殿下改變的。」

「不，不對哦。是『我們』一起改變的！」

前世理所當然的一切，我同樣也要在今生得到。

「是的，亞里沙殿下。」

我舉起拳頭這麼宣布後，露露也換上燦爛的笑容點頭。

「回答得很好！」

擦了擦鼻子下方，我整個人放鬆地張大嘴巴笑道。

「露露。」

露露握緊了我所伸出的手。

我們的國家改造，重頭戲才正要開始。

雖然不知道會有多麼困難的阻礙在等著，但只要和露露在一起就能突破難關。

我們一起加油吧，露露姊。

後記

大家好，我是愛七ひろ。

感謝各位本次手中拿著《爆肝工程師的異世界狂想曲Ｅｘ》！

儘管上個月才剛獻上了第十二集（註：此為日文版情形），不過這次由於即將動畫化的緣故，於是就送上這本Fanbook性質的作品了。

收到Ｅｘ的企畫之初，原本說好收錄約六十頁（兩萬字）的短篇，但不知不覺中頁數不斷地增加，最終包括重新收錄的部分在內，已經達到了足夠出一本外傳的篇幅了……

關於重新收錄的部分，滿載著第九集為止的各種店舖特典（含數篇未發表作品）在內的精選短篇故事。還請各位務必好好享受。

那麼這就進入例行的答謝！責任編輯Ａ小姐和I先生、ｓｈｒｉ老師、幫忙繪製贈稿插圖的各位插畫家，然後是參與本書的出版和流通販賣的所有人士，我要謝謝你們！

最後是各位讀者。感謝大家從頭到尾閱讀完本作品！

那麼我們在下一集，本篇第十三集再會了！

愛七ひろ

短篇故事集　出處

新的調理器具……第四集&漫畫版第一集同時購入特典
潔娜與佐藤的約會……收錄於《この「小説家になろう」がアツイ！》
小玉的最愛……第二集活動報告
和波奇洗澡……第二集店鋪特典
潔娜的生還……第二集店鋪特典
莉薩的擔憂……第三集活動報告
奴隸公主……虎之穴×富士見書房企畫特典
露露的主人……第三集店鋪特典
被囚禁的公主……本書新稿
挑選衣服……第三集店鋪特典
伊涅的魔法藥……第四集活動報告
莉薩的訓練……第四集店鋪特典
卡麗娜與拉卡……第四集店鋪特典
波奇抓魚……KADOKAWA BOOKS創刊文件夾
廢墟的少女……第五集活動報告
穆諾城的女僕們……第五集店鋪特典
露露的烹飪修行……本書新稿
亞里沙的工作……第五集店鋪特典
卡麗娜小姐的憂鬱：武術篇……本書新稿
卡麗娜小姐的憂鬱：社交篇……第六集店鋪特典
卡麗娜小姐的憂鬱：晚會篇……第六集店鋪特典
卡麗娜小姐的憂鬱：成長篇……第六集活動報告
澄清湯開發祕辛……BOOKWALKER特典
平民區酒館的傳聞……第七集店鋪特典
傳聞中的鍊金術師……第七集店鋪特典
黑髮貴公子……第七集店鋪特典
公都夜晚的祕密訓練！……第七集活動報告
賽拉和服務活動……第七集店鋪特典
梅妮亞公主和木頭人……第八集店鋪特典
魔劍之名……第八集店鋪特典
普塔鎮的日常……第八集活動報告
紅色果實的祕密……第八集店鋪特典
蛋包飯進行曲……第八集店鋪特典
無角獸……第九集店鋪特典
蹦蹦菇……第九集店鋪特典
獵生火腿……第九集店鋪特典
原創咖哩……第九集店鋪特典
海龍群島，遇難記……第九集活動報告
海龍群島，美味日記……第九集活動報告
瞭望台的幸福……第九集活動報告

無職轉生~到了異世界就拿出真本事~ 1~13 待續

作者：理不尽な孫の手　插畫：シロタカ

展開幸福婚姻生活的魯迪烏斯與兩位妻子
即將要面臨另一波驚濤駭浪!?

迎接第二名妻子和女兒後，魯迪烏斯展開了新生活。他和希露菲與洛琪希這兩名妻子一起去購物、學習魔術，還參加了友人的婚禮，每一天都非常充實。在這種狀況下，魯迪烏斯和兩名妻子一起承接工作。結果同行者中，卻出現過去和他難堪分手的少女……

各 **NT$250~270/HK$75~85**

怕痛的我，把防禦力點滿就對了 1~2 待續

作者：夕蜜柑　插畫：狐印

最強初學者這回成了「浮游要塞」？
七天造就最硬傳說，即刻開幕！

新手梅普露在第一場活動中成為明星玩家之列，號稱「最硬新手」。這次她以稀有裝備為目標，要和夥伴莎莉參加第二場尋寶活動！打倒玩家殺手，輕鬆碾壓設定為打不死的首領級怪物，加上稀有技能惡魔合體後，梅普露終於成為「浮游要塞」？

各 **NT$200~220/HK$60~75**

賢者大叔的異世界生活日記
3
Kotobuki Yasukiyo
寿安清
Kadokawa Fantastic Novels

29歲單身漢在異世界
想自由生活卻事與願違!? 1~7 待續

作者：リュート　　插畫：桑島黎音

失去力量的大志與沒用神
為了取回力量竟闖入禁地!?

　　大志被眾神痛扁一頓後，和沒用神一起逃走了！慘敗後被扔到大森林裡的大志，一面在精靈村落裡受精靈照顧，同時為取回失去的力量而展開冒險。試圖從分散森林裡的遺跡中找到「擬神格」。而這個世界也即將現出真面目⋯⋯

各 **NT$180~220/HK$50~68**

熊熊勇闖異世界 1~7 待續

作者：くまなの　插畫：029

把魔偶打飛吧♪
熊熊引發甜點革命！

肢解黑虎需要用到祕銀小刀。可是礦山有魔偶出沒，到處都買不到祕銀！優奈把菲娜交給艾蕾羅拉，要用熊熊鐵拳打倒魔偶！更在克里莫尼亞城試著重現草莓蛋糕，冒險和甜點烘焙都一帆風順，優奈的異世界生活愈來愈充實♥

各 **NT$230~270/HK$70~80**

軍武宅轉生魔法世界，靠現代武器開軍隊後宮 1~12（完）

作者：明鏡シスイ　插畫：硯

用與妻子們的羈絆和現代武器拯救世界，
軍武宅，成為傳說吧！

與琉特自前世便延續著孽緣的藍斯，令全世界的魔力消失了！人們陷入前所未有的混亂之中，且藍斯還差遣魔物前往琉特的同伴身邊！為了拯救重要的人們，只能盡早討伐掌握魔力並化身為神的藍斯——全世界的命運託付在PEACEMAKER肩上！

各 **NT$200~220/HK$60~75**

勇者無犬子 1~2 待續

作者：和ヶ原聡司　插畫：029

拯救異世界前就先陷入補考大危機！
前途叵測的平民派奇幻冒險！

升上高中三年級後的首次定期考，康雄竟拿了三科不及格！與此同時，一名新的異世界使者哈利雅來到康雄等人面前。身為蒂雅娜上司的她，反對康雄進行勇者修行，甚至追殺到學校。與此同時還被翔子誤會他和蒂雅娜的關係，兩人之間尷尬不已……

八男？別鬧了！ 1~12 待續

作者：Y.A　插畫：藤ちょこ

隧道開通原是促進繁榮的好事
卻因管理問題引來軒然大波!?

貫穿利庫大山脈的縱貫隧道出口是經濟狀況非常拮据的奧伊倫貝爾格騎士領地，共同管理隧道對領主家來說是個沉重的負擔。威爾、布雷希洛德藩侯家與王國三者打算共同負責管理和營運的方向發展。然而領主的女兒卡琪雅突然現身並打亂了一切……

各 **NT$180~220/HK$55~68**

錢進戰國雄霸天下 1~3 待續

作者：Y.A　插畫：lack

風林火山之威武新角色參戰！
拉炮與火繩槍並濟喧天！

織田家一統天下的戰事遭武田信玄舉兵阻撓，織田、德川聯軍節節敗退。帶兵支援的光輝臨危受命，領得遠江之地並為整治而奔波，進軍駿河的行動又遇上北条家阻撓……於是光輝耐不住性子，大啖當地美食，順道消除戰事壓力。信長當然也不忘來參一腳。

各 **NT$200~220/HK$60~68**

國家圖書館出版品預行編目(CIP)資料

爆肝工程師的異世界狂想曲 Ex / 愛七ひろ作 ; 蔡長弦譯 . -- 初版 . -- 臺北市 : 臺灣角川 , 2019.03-
冊 ; 公分
譯自 : デスマーチからはじまる異世界狂想曲 Ex
ISBN 978-957-564-829-9(平裝)

861.57 108000628

Kadokawa
Fantastic
Novels

爆肝工程師的異世界狂想曲 Ex

（原著名：デスマーチからはじまる異世界狂想曲 Ex）

2019年3月13日　初版第1刷發行

作　者：愛七ひろ
插　畫：shri
譯　者：蔡長弦

發行人：岩崎剛人
總經理：楊淑媄
資深總監：許嘉鴻
總編輯：蔡佩芬
編　輯：吳欣怡
美術設計：李思穎
印　務：李明修（主任）、黎宇凡、潘尚琪

發行所：台灣角川股份有限公司
地　址：105台北市光復北路11巷44號5樓
電　話：（02）2747-2433
傳　真：（02）2747-2558
網　址：http://www.kadokawa.com.tw
劃撥帳戶：台灣角川股份有限公司
劃撥帳號：19487412
法律顧問：有澤法律事務所
製　版：巨茂科技印刷有限公司
ISBN：978-957-564-829-9

香港代理：香港角川有限公司
地　址：香港新界葵涌興芳路223號
新都會廣場第2座17樓 1701-02A室
電　話：（852）3653-2888